JN224595

冷徹御曹司の執着愛に翻弄されて逃げられません

～セフレだと思っていたら、溺愛されていました～

目次

冷徹御曹司の執着愛に翻弄されて逃げられません

～セフレだと思っていたら、溺愛されていました～

プロローグ

「あ、あの……」

意を決して問いかけるも、後が続かない。

「ん？」

ほんの数センチ先にある瞳に、うっとりと蕩けるような目をしている女が映っている。それが自分だと気づいた杏香は羞恥心に襲われ、慌てて横を向いた。

なのに彼はその顎に指先をかけて、いとも簡単に杏香の視線を奪う。

「どうした？」

蕩けるような優しい声に、ささくれ立っていたはずの心がとろとろに溶けそうだ。

彼はずるい。普段は俺様で突き放すように冷たいのに、こういうときは蜜のように甘い声で囁きかけてくる。

それでも、今夜こそは言うと決めてきた。いつものように唇に吸いつくような濃厚なキスをする彼の頬を指先で止め、訴える。

「せ、専務。私――」

別れたいんですと言わないといけないのに、後の言葉が続かない。

揺れる気持ちを知ってか知らずか、唇を啄むように重ねた彼はクスッと笑う。

「専務じゃないだろう？」

彼――高司颯天は専務と呼ばれるのを嫌う。――だってここは会社ではなくて、彼の部屋のベッドの上だから。

杏香が跨るように座っているのは会社の椅子ではなく彼の腰で。猛り立つ彼の熱で二人は繋がっている。この状態で別れを切り出すなんて無理だと、自分でも思う。

腰に回された腕で引き寄せられ、更に繋がりが深くなり、杏香は思わず「はぅっ」と声を漏らした。

「だ、だから……」

彼しか知らない体は、すっかりと飼い慣らされていて、込み上げる快楽に翻弄され言葉が続かない。

「杏香？　さっきからどうした？」

腰を揺さぶられ、再び漏れそうになる声に慌てて手で口を抑えると、すかさず手首を掴まれた。

「ん……あっ」

さっきまでとは違う、奪われるような激しいキスに思わず身悶える。

「い、いや……う、動かない、で」

快楽に抗う術を知らない自分が悲しくなる。

――激しくなる律動に耐え、彼の背中にしがみつきながら、杏香は心の中で叫ぶ。

『どうしようもなく、あなたが好き』

「――き、嫌いで、す……」

潤んだ瞳を覗き込むようにして、彼がフッと笑う。

長いまつ毛に縁取られた意志の強そうな切れ長の目。高い鼻梁(びりょう)、誘惑を重ねる唇。何もかもが素敵で切ない。

「専務なんか、嫌い……！」

やっとのことでしぼりだすように精一杯の嘘をつくも、こうしてサラリとかわされてしまう。

「そうか、泣くほど俺が嫌いか？」

頷く代わりに彼の首に手を回し、自ら唇を重ねた。

今夜が最後だと、杏香は自分に言い聞かせる。

だから、抱かれるんじゃなくて自分が彼を抱くのだと。

自ら腰を振り、誘惑するように彼を睨みつけて、負けないように。気を抜くと快感で恍惚としてしまいそうになる自分を叱り、必死に耐えた。

これ以上弱い部分を責められたら堪(たま)らない。彼の指先が濡れる花芯に伸びてこないよう、隙間なく十分腰を押しつけて。それなのに――

「あ……うっ……あぁっ……」

息も絶え絶えに遠くなる意識の中で、彼の目つきが変わるのが見えた。

「どうした？　もう終わりか？」

後ろに反った上半身を支えられて、剥き出しの胸の先を舌で転がしながら、彼は笑う。

「杏香――お前が俺を抱くなんざ、百年早い」

そう言うと同時に、腰を打ちつけるリズムが激しさを増す。

「はっ……ん……やめ……」

押し寄せる快感に抗えず、記憶を飛ばしそうになりながら、彼に必死にしがみつく。離れないように、しっかりと一つになるように――

彼の言う通りだ。杏香が彼を支配する日は、恐らく永遠に来ない。

身を委ねればたっぷりと与えられる蜜の甘さを覚えてしまった。

可愛がられる悦びを、求める幸せを、今さら手離すなんてできやしないのだ。

第一章　バイバイ、素敵なあなた

「あ、樋口さん。待って」

　そう呼ばれて振り返ったのは樋口杏香、二十五歳。ＴＫＴ工業本社、総務課に所属する入社二年目の社員だ。

　薄いピンクのブラウスの上にライトグレーのカーディガンを羽織り、チャコールグレーのペンシルシルエットのスカートを履いている。髪は艶やかなロングを後ろにひとつでまとめていて、女性らしい雰囲気をまとっている。

　左右均等なアーモンドアイに、高過ぎず低過ぎない鼻。小さめのぷっくりとした唇。化粧は控えめなせいか目立たないが、いつもニコニコしている明るい性格ゆえに、男性女性を問わずよく声をかけられた。

「今日ね、合コンがあるんだけど、一人欠員が出ちゃって。一緒に行かない？」

　先輩女性が困ったように首を傾げて聞くが、杏香は両手を合わせて「ごめんなさい！」と恐縮しながらお断りした。

「やっぱりダメかー。樋口さん、飲み会来ないもんね」

「お酒が飲めないから、その場にいるのが辛いんです」

先輩は「わかった。他をあたるから気にしないで」と去っていく。

杏香はこれまで、新入社員の歓迎会以外の飲み会はすべて断ってきた。アルコールに弱いのは本当だが、合コンが苦手なのだ。別に恋人が欲しいわけじゃないし、その気がないのに行くのは却って失礼だと思っている。

行きたくない理由は他にもあるが——

やれやれと小さく息を吐き、自分の席に向かうと、すれ違う女性たちの声が耳に届いた。

「高司専務、今日も素敵ね」

「ほんと。全身からイケメンオーラがバシバシ出てるわー」

チラリと廊下を見ると、なるほど彼女たちが噂をする彼が、数人の部下と話をしながら歩いている。

スラリと背が高くてモデルのようにスタイルも顔もいい。ちょっと不機嫌そうな表情も、切れ長の瞳によく似合っている。見た目の良さだけでなく、仕事もできるともっぱらの評判だ。

高司専務こと高司颯天、三十歳。彼は高司グループの創業者一族で、グループ本体である高司建設の現代表取締役の息子。いわゆる御曹司である。

三年前に、本社から役員として異動してきた。専務就任後、直ちにプロジェクトチームを編成し、新たな目標に向かって彼らと共に営業に回り始めたという。他の役員と違い、自ら第一線で指揮を執る姿勢は、特に若い社員たちから支持されてるようだ。

杏香たちのような事務職の平社員は、接点はほぼないので噂を耳にするだけだが、彼が来て以来

ＴＫＴ工業はじりじりと業績を伸ばしているのは数字で知っている。賞与がアップするなど、目に見える形として実感できた。

イケメン御曹司で仕事もできるとなれば、まさに無敵のプリンス。女性たちが彼に憧れるのも当然だろう。

杏香が席について数分後。スマートフォンがメッセージの着信を告げた。

表示された送り主は【鬼神】。内容は【今夜、マンションで】という短いメッセージだった。

画面に向かって軽く瞬きをした彼女は、【了解です】と、更に短い返事を送って、ふぅと息を吐く。

パソコンに表示されている時計を確認する。

あと三十分で退社時間だ。その後の行動をシミュレーションする。

夕食の買い物をしてから彼のマンションに向かう。次に行くときはビーフシチューにしようと決めてあるのでメニューに迷いはない。デパ地下でフランスパンとおいしそうなサラダがあれば買おう。牛肉は奮発してブランド牛を。煮込み用の赤ワインも忘れずに。

買い物は無駄なく済ませたいが、マンションに着くまで一時間は欲しい。煮込みには圧力鍋を使うにしても余裕はあまりない。

残った仕事量を考えると、定時で退社できるかどうかの瀬戸際だ。ミスをしたら見直しで時間を取られてアウトである。打ち間違いのないよう画面の数字に集中する。

杏香はいつもこんな風に彼に呼び出され、断りもせず彼のマンションに行く。

夕食の準備をして彼の帰りを待ち、彼が帰ったその後は普通の恋人たちのように食事をし、濃密な夜を過ごす。

だが彼女は、自分たちの関係を恋人同士だとは思っていない。

二人の関係を言葉で表現するのは難しい。恋人とは言えないが、かといって友人とも言い難い。一番近いのはセフレだろうか。それも嫌だが、他に当てはまる言葉が見つからない。

そもそものきっかけを作ったのは杏香だった。

乗り気ではない彼を強引にベッドに誘ったのは彼女なので、二人の間に愛とか恋のような甘酸っぱいものはないことは、よくわかっているのである。

＊＊＊

始まりは、今から一年と数カ月前。

その日、杏香は残業していた。二年前に入社し、配属されて以来ずっと大好きな上司、倉井課長と二人きりで。

遅くなったから夕食をご馳走するよと誘われて、「わーい」と喜び勇んでついていったのは、課長のことを一人の男性として好きだったから。

倉井課長は杏香より十歳上で、どちらかといえば冴えないタイプのお人好しの独身男性だ。そもそも面食いではない杏香は、倉井課長の人柄に惹かれたのである。

一緒にいると心が和み、困ったときは逃げないでちゃんと相談に乗って一緒に解決策を考えてくれる。時々変なおやじギャグを言って一人で笑うところとか、後頭部に寝ぐせをつけていることがあるとか、そんなところも含めて大好きだった。たった半年とはいえ、恋愛に奥手だった杏香の初恋だったのだ。

仕事の延長とはいえ、恋する課長と二人きりの食事となれば、否応なく心は弾む。もしかしたらこれを機会に一気に関係が変わるかもしれない。などと期待に胸を躍らせて、杏香は唐揚げに箸を伸ばした。

なのに――

「樋口さん、井口さんと仲良しだよね。実は俺、井口さんが好きなんだ」

愛してやまない課長の口から出た言葉は、別の女性の名前。その瞬間、杏香の時間と心臓が止まり、ポロリと唐揚げがお皿に落ちた。

「え？　井口、さん……？」

課長が好きだという井口由美は、同じ総務部で杏香の隣の席に座る先輩だったのである。

「井口さんは、付き合っている人とかいるのかな……。いや、いてもいなくてもいいんだ。ただ気持ちだけは伝えておこうと思っていてね」

課長はテーブルに視線を落とし、照れたように首を傾げた。

杏香は感情を殺し、夢中で彼女のいいところを話し続けた。

「井口さん、素敵な女性ですよね。人の悪口とか言わないし、いつも穏やかだし。課長ったらお目が高い」

バカみたいに、必死で――

「ごちそうさまでした。じゃあ、また来週。課長、がんばってくださいね」

「ありがとう」

駅の改札で倉井課長の背中を見送った後、杏香はしばらく茫然と立ち尽くした。

今まで、男性社員から誘われても全部断わっていたし、見向きもしなかった。課長一筋、一日が課長に始まり課長で終わるくらい、本当に好きだったのである。

それなのに……課長が好きなのは自分ではなかった。

由美に問題があるなら、まだ可能性があると思えただろう。でも彼女は、同性から見ても本当に素敵な女性なのである。明るくて仕事は真面目で、後輩思いの優しい女性なのだ。

課長の隣に彼女を並べて想像すると、二人はとてもお似合いで、ほんわかと優しい空気に包まれる。付け入る隙などどこにもない。

絶望の淵に追いやられた杏香はそのまま帰る気持ちにはなれず、自宅マンションすぐ近くにあるレストランバーに入った。

店内に流れるのは静かなクラシック。人のよさそうなマスターともの静かなバーテンが一人いるだけの小さなバーは、女性が一人でも入りやすい雰囲気の店なのでこれまでも何度か入っている。

いつもは静かな店内だが、金曜の夜だったせいか、珍しく客の賑やかな話し声で溢れていた。

カウンターに座った杏香はこれ幸いにマスターを捕まえて、愚痴を吐きまくった。

『好きな人に食事に誘われてのこのこついて行ったら、その人に恋の相談をされて、応援までしちゃう私の辛さ、わかります？　ねーマスター、わかります？』

『それは、大変でしたね』

マスターは困ったような笑みを浮かべてはいたが、それでも嫌な顔をせずに話を聞いてくれた。

そこに偶然ふらりと現れたのが、イケメン御曹司の高司専務だったのである。

『あ、専務』

杏香は、この時点で相当酔っていた。

『君は確か、総務の……』

このときの杏香は、後に思い出したときに己に戦慄を覚えるほど気が大きくなっていた。

普段なら廊下をすれ違うだけで緊張する相手に向かって『ちょっと！』と言葉で絡むばかりか、腕を思い切りパシッと叩いたのである。

『もぉー、樋口です！　名前くらい覚えてくださいよ』

彼は呆れた顔で『はいはい』とため息を吐いた。

ＴＫＴ工業本社には二百人近い社員と数十人の派遣社員がいる。

入社一年目平社員の杏香と役員である彼との接点は、皆無に等しい。そう考えれば、彼が〝総務の〟と言い当てただけでも感心すべきだろう。

だが酔っぱらいの杏香には関係ない。どうでもよかったというのが正直なところで、むしろクビになってもいいと思うくらい開き直り、不貞腐れていたのだ。

『すみません』と、客の失態を申し訳なさそうな声で謝ったのはマスターだった。

『量はそれほどでもないのですが、一気に飲まれてしまったようで』

颯天は呆れながら、『いいえ、こちらこそ。うちの社員がすみません』と謝り返した。

聞けばこの近くで打ち合わせをしていて、一息つくために寄ったのだという。

目の端で杏香を一瞥する目は至極冷静で、毅然とした立ち居振る舞いも何もかもが杏香の癇に障った。

鼻筋が通り目元は涼やか。ハッとするようなイケメンで、仕事もできてと非の打ち所がない。彼は失恋なんてしないだろう。失恋どころか恋すらしなそうだ。この胸の辛さも切なさも無縁に違いなく、溢れる強さが憎たらしかった。

「ご立派ですねー、専務はー。専務は恋人とかいるんですかー」

彼は全く関係ないのに、とんでもない酔っ払いである。

「さあな」

その後も絡んでは、軽くあしらわれること小一時間。

「ちゃんと歩けるうちに帰れよ」

そう言い残して、颯天は席を立った。

彼女の分も一緒にと、会計を済ませる様子をぼんやりと見つめるうち、無性に悔しくなって、後を追いかけるように店を出た。

「ちょっと待ってくださいよ、専務！」

あきらかにうんざりした顔で振り返った彼を、杏香はキリキリと睨みつけた。

「ごちそうさまですぅ～、ありがとうございますぅ～」

ふざけたように口を尖らせたその姿は礼を言う態度ではなかったが、彼は酔っ払い相手に怒る気にもなれなかったのだろう。

「タクシー呼ぶか」

呆れ顔でそう言っただけだった。

「すぐそこだから大丈夫ですよぉ。専務はどーするんですかぁ？」

「ホテルに戻るんだよ」

「ホテル？　どーしてホテルに行くんですかぁ？」

「今日はそこに泊まるんだ」

同じ会社の人間だというだけで、責任を感じたのかもしれない。

「お前はとにかく、おとなしく帰れ」

言いながら、ほったらかしにしていいものか、タクシーを捕まえて押し込めるかと迷っているようだった。

「じゃあ私も行きます！　専務の部屋でまだ飲む！　じゃないと会社辞めてやる！」

ため息を吐く彼に絡みつき、ペシペシと叩いたりしているうち、あきらめたのだろう。

「わかった、わかった。ただし、後悔するなよ。どうなっても俺は知らないぞ」

眉をひそめる颯天を見上げ、クビになるかもしれないなと思った。

それも悪くない。他の誰かと幸せになっていく課長を見届ける勇気は持てそうにない。それならばいっそ颯天の逆鱗に触れて、明日なんてなくなればいい。

杏香は笑いながらそう思い、彼の腕に手を回した。

「さあ、行きましょう」

彼が泊まる部屋は、ラグジュアリーなホテルの豪華スイートルームだった。

こんな部屋に一人で泊まるなんてありえないと杏香は騒いだが、彼はいつもこの部屋に泊まっているという。

「寝室はいくつかあるから、適当に使っていいぞ」

どうなっても知らないぞ、などと脅した割には相変わらず杏香には目もくれず、彼はさっさとシャワーを浴びて、バスローブを羽織りタブレットを見ていた。

仕事の続きでもしていたのだろう。

そんな颯天を尻目に自らもシャワーを浴びた杏香は、バスルームから出てくるなり、彼の手からタブレットを取り上げて、テーブルの上に置いた。

そして、バスローブがはだけるのも気に留めず、颯天の膝の上に跨ったのだ。

下着をつけていない剥き出しの胸。誰にも見せたことのない谷間に目を落とす彼に、妖艶な笑みを向け、両手を彼の首の後ろに回した。

「ねえ専務。――抱・い・て」

酔っていたのもあるが、何の経験もないからこそ言えたのかもしれない。キスすら経験のない杏香には男の怖さもわかっていなかった。

　めちゃくちゃな夜を過ごして、何もかも忘れよう——頭の中にあったのはその思いだけ。

　ふわふわとする頭で見る颯天もゴージャスな部屋もどこか非現実的で、悪い女にでもなった気分のまま自分から彼の唇を奪った。

　でも、それはほんの一瞬。次の瞬間には抱き寄せられ、貪るように唇を吸われた。

　ダウンライトだけの部屋に響くクチュクチュと唇から出る音が、早くも杏香を後悔させた。

　キスがこんなに激しいものだなんて、知らなかった——

　唇が離れた隙に首を反らせて逃げようとしたが、しっかりと腰を抱えてくる颯天の腕はびくともしない。

「せ、専務……あの……」

「もしかして、初めてなのか？」

　困惑する颯天は杏香を抱いていた腕を放したが、止めてほしくなくて杏香はしがみついた。

「やめちゃ、ダメ」

「後で後悔するなよ」

　微笑んだ彼は軽いキスをして、一つずつ教えるようにゆっくりと杏香を抱いた。

　やがて激しくなっていったキス。口の中を彼の舌で蹂躙され、息も絶え絶えになると彼の唇は杏香の首から下へと下りていく。胸の頂を啄むように吸われ、思わず声が漏れる。

「はっ……ん」

自分の口から出たとは思えない蕩けるような声に驚いて、でも我慢できなくて。

「可愛いな、お前は。ほら、わかるか？　こんなに濡れてるぞ」

「いっ……や、やめ」

ピチャピチャと濡れる音を出しているのが自分の体だとは信じたくない。たまらず腰を浮かせると、却って彼の指を自由にさせてしまった。より敏感なところを探り当てられて、濡れた中心に、するりと指が入ってくる。

ハッとして息を呑むと、颯天がその首筋に唇を這わせて囁いた。

「泣くな」

言われて初めて、杏香は自分が泣いているのに気づいた。

「全部忘れてしまえ」

「専務……」

込み上げる切なさを、彼の唇が吸い込んでいく。

繰り返される甘い快楽と囁きの海に溺れ、いつしかまるで発情期の動物のように絡み合いながら、これは彼の優しさだと杏香は思った。

右を向けば輝く夜景が見えて、相手はパーフェクトな男性。慰められるには最高のシチュエーションの中でロストバージンしたあの夜を、杏香は何ひとつ後悔はしていない。

失恋という心の傷が消えたわけではなかったけれど、彼に抱かれたおかげで、課長は〝過去に〟好きだった人になった。

あの夜の彼はとても優しかったから……

＊＊＊

──そう。スマホに表示された鬼神とは颯天のこと。

悪魔のように杏香を惑わす彼。本当は〝悪魔〟にしたかったけれど、それでは画面に表示されたときに誰かに見られたら驚かれてしまう。ありそうな名字で悪魔に似た鬼神にしたのだ。鬼のように怖いのも本当だから。

行きずりのようなあの夜を過ごしてから一年とちょっと。気がつけば、中途半端な関係をだらだらと続けてしまっている。

けれど、それも今日でおしまいだ。

(今夜私は、彼との関係に終止符を打つ)

決意を胸に、大きく息を吸った杏香はギュッとスマホを握りしめた。

ダイニングテーブルにランチョンマットを敷き、その上にアンダープレートを置き、カトラリーを並べる。

ビーフシチューが濃厚なので、サラダは買ったものもあるがもう一種類は自分で作る。さっぱりとトマトを多めにして、タマネギのみじん切りをたっぷり入れた自家製ドレッシングで和える。おいしそうなタコを見つけたのでカルパッチョも作った。

準備は万端。後は彼が帰ってくるのを待つばかり。

颯天が帰る時間は大体いつも八時半から九時。エプロンをバッグにしまいこみ、時計が夜の八時を示すのを見て、杏香はホッと胸をなで下ろす。

三十分近く余裕がある。この部屋に置き忘れて困るものはないかと、しばし考えた。

パジャマ兼部屋着は、来てすぐに予備の手提げに仕舞い込んだし、食器や雑貨の類は持ち込んでいない。シャンプーや化粧品はコンビニで使い捨てのものを買っていたから、置きっぱなしの私物はないはずだ。

あったところで捨ててもらえばいいと思い、ふと苦い笑みが零れる。きっと彼のことだから、頼まなくても捨てるだろう。

気を取り直して部屋を見回した。

リビングからダイニング、そして奥の寝室へと、仕切りが少なくて広々としている。

大きな壁はなく家具やインテリアでざっくりと区切られているだけの、広い空間が好きな彼らしい部屋。

初めてここに来たときは、モデルルームのようにオシャレな空間に驚いたものだ。

天井は高く、広さは杏香の住むワンルームが軽く四つは入りそうなリビングは、落ち着いた深い茶色の家具で統一されている。

彼は部屋の明かりを、決して煌々とつけない。寒色系のダウンライトと、いくつかある暖色系のスタンドライト。そしてところどころにある間接照明だけで夜を過ごす。

光の共演ともいえる雰囲気がとても素敵で、いつ来てもうっとりしてしまう。

ベージュのL字型のソファーはふかふかで、杏香のお気に入りだった。あんまり気持ちがいいものだから、待っている間にうっかり寝てしまって、颯天のキスで目覚めた甘い思い出もある。

ひとしきり見つめた後、杏香は窓際に立った。

見慣れた夜景が眼下に広がっている。この部屋は三十階というとてつもない高層階にあるので、昼夜を問わず抜群に景色がいい。特に夜の、宝石のように煌めく灯りや揺れる車のヘッドライトが輝く景色は、どんなに見つめていても飽きないし、眺める度に初々しい感動を呼ぶ。

うっとりと夜景を見下ろしていると、後ろから抱きしめられて「風邪引くぞ」なんて優しく言われたのはほんの先週のこと。

キスをして、彼に見つめられて――そしていつも思うのだ。

この景色もこの素敵な部屋も、どこか実感できない。

平凡な日常に、突如として現れた夢の世界。思えば、彼の存在そのもののよう。

掴んでいると思っても、砂のように指の間から零れてしまう。いつか覚めてしまう夢と同じだと。

そう思ったとき、カチャッと玄関の扉が開いた音がした。

「え？」

予想より早い彼の帰宅に、慌てて廊下に走りひょっこりと顔を出す。

「おかえりなさい」

「ただいま」

颯天は軽く微笑み、そのまま奥へと進む。

最初にシャワーを浴びるのが彼のいつもの習慣で、杏香はその間に夕食の仕上げをする。

この部屋にある食器は、どれもこれも高級品ばかり。盛りつけるだけで何割増しにもおいしそうに変貌する魔法の食器を取り出す。

最初の頃は、颯天が利用するホテルで会っていた。

こんなに素敵な部屋があるのに、彼はほとんどをホテルで過ごしていたらしい。オフィスから近いし、クリーニングも部屋の掃除も食事も、ホテルならすべてやってくれるからと言って。

ルームサービスで摂る食事は確かにおいしかったが、そういった贅沢に慣れない杏香はつい酔った勢いで言った。

「食事なら私が作るのに。私が専務に庶民の味を教えてあげますよ」

料理の腕に自信があったわけでもないのに、よくあんなことを言ったものだ。

思い出すと自分でも呆れてくるが、彼は意外なほど普通の家庭料理に抵抗がないようで、焼き魚定食のようなシンプルな食事を好んだ。普段から自分のために作っていた料理を二人分作るだけと思えば気が楽だったし、売り場の人に季節のおすすめを聞いたり料理の勉強をしたり、それはそれで楽しかった。

やはり食事は一人より二人で食べるほうがいい。

しみじみとそう思ったりもした。

特に弾む会話があったわけではないけれど、穏やかでほのぼのとした空気が流れる彼との食事の時間が杏香は好きだった。

「はぁ……」

無意識のうちに漏れたため息に肩を落とす。

(さあ、がんばって素敵に盛りつけよう)

ショーケースの中で一番高いA5ランクのブロック肉を使ったビーフシチューは、下ごしらえ用にもこれまた値段の張る発酵バターを使った。店の人に教えてもらったビーフシチュー用におすすめだという赤ワインを贅沢に使って圧力鍋で煮込んだ。

後から添える彩野菜や仕上げのサワークリームのおかげで、結構いい感じに見える。

見た目も可愛いベビーリーフをふんだんに使ったトマトのサラダに、千切り野菜が入ったさっぱりめのコンソメスープ。そして、タコのカルパッチョ。全力で作った最後のディナーだ。

(彼の口に合うといいけれど)

おいしいねって食事を楽しんで、最後は笑って別れたい。


濡れ髪をタオルで拭きながら、颯天が席に着く。

出しておいたミネラルウォーターを手に取り、ゴクゴクと勢いよく飲む彼の喉仏が上下する。部屋着はスウェットのセットアップ。色はグレーのブランド物。いつも整髪剤で横に流している髪が額に落ちていて、会社で見かけるときとは違って雰囲気は柔らかい。

こんな風にリラックスしている彼を見ていると、自分が特別な存在になれた気がした。

ボトルをテーブルに置いた彼の視線が料理に移り、微笑む。そんな何気ない姿を見るだけでうれしくなる。

基本的に無口な人なので、こちらから聞かない限り自分から料理の感想を言ったりしない。いつも残さずに食べてくれるが、今日ばかりはどうしても気になる。ビーフシチューを口にした颯天に、おずおずと聞いてみた。

「どうですか？」

薄く微笑んで彼は頷いた。きっとまずまずだと言いたいのだろうが言葉はない。いつものこととはいえ、最後くらいお世辞でもいいからおいしいと言う声を聞きたかった。でも、それが高司颯天という人なのだとあきらめる。

さて――と杏香は悩んだ。

（いつ話を切り出そう？）

タイミングが大切だ。食事の後で、それでいてくつろぐ前にしなければならない。

これまでも何度となく言おうとしたが、結局言いそびれて終わっている。ソファーに移動してワインなんて傾けてしまっては、うっかりいい感じになりまたしても先送りになってしまう。キスなんてしようものなら最後、もとの木阿弥だ。

前回会った夜も見事に撃沈した。最後は自分が彼を抱き、捨ててやるんだと意気込んでみたものの「お前が俺を抱くなんざ、百年早い」と簡単に主導権を握られてしまった。

そうなるともう、別れたい気持ちなど快楽の果てに吹き飛んでしまう。好きだと連呼して、もっとキスしてとせがむ悲しい結果に終わってしまうのだ。

このままじゃずっとセフレのままだよ？　と自分を叱咤する。親にも友人にも紹介できないような関係を、だらだらと続けていていいはずがない。

杏香はこれまでごく普通に恋をして結婚する人生を当たり前だと思って過ごしてきた。今のように未来が見えない関係を続けていくには、真面目過ぎるのかもしれない。

とにかく、愛欲に溺れるような自分を卒業したかった。

大きく息を吸い、気合を入れる。

（今夜こそ終止符を打つ！）

自分から誘ったのだから、最後も自分から言わなければ。

絶対にタイミングを逃してはならないと、ビーフシチューのお皿をじっと見つめ、最後の肉の塊をすくう。

ちらりと彼の皿を見ると、皿はどれも空だった。彼はどの料理も残さず綺麗に平らげている。

「ごちそうさま」

「コーヒー淹れますね。モンブラン買ってきたんです」

大急ぎで空になった皿を片付けて、サッと汚れを洗い流し、食洗機に入れてスタートボタンを押す。

冷蔵庫からモンブランの入った箱を取り出して、お皿とフォークを並べながら思った。

このモンブランを食べながら別れを切り出し、そのままこの部屋を出るのだ。コーヒーカップとケーキの皿くらいは洗い残していっても、罰は当たらないだろう。

二度とこの部屋に来ないためにも、絶対に忘れてはいけないスマートフォンを今のうちにバッグにしまっておく。

いよいよ決行だと思うと、緊張で締めつけられた喉がゴクリと苦しそうに音を立てた。

コーヒーメーカーをセットしながら彼をチラリと見ると、リビングのソファーに移動して雑誌を広げている。なんとかアーキテクチャという仕事関係の月刊誌だ。

いつ何時でも仕事を忘れない彼に苦笑しつつ、感嘆のため息を吐く。

家だけじゃない。二人で出かけた旅行先でも仕事の電話が鳴った。帰りは当然のように毎晩遅く常に寝不足で、一緒に迎えた朝は、ちゃんと息をしているかと不安になるほど熟睡している。

いくら若くても疲れるだろうに、彼の口から愚痴は零れない。

コーヒーメーカーから響くコポコポという音を聞きながら、杏香は心の中で呟いた。

(専務は本当にすごい人なのよね)

彼の頭の中心には、いつだって仕事がある。空いた隙間に友人に会うとか、ウィスキーを飲みながらジャズを聴くというホッとする時があって、残った部分で欲望のままに女を抱いたりする。悲しいかな、自分はそのうちの一人にすぎないのだろうと杏香は思った。

きっと彼は、気軽に恋なんかしないに違いない。結婚は政略結婚で、相手は家柄など厳選された素晴らしい女性なのだ。

何しろ彼は、本物の御曹司なのだから……

コーヒーメーカーの音が止まり、後始末をして、トレイに二人分のケーキとコーヒーを載せる。

リビングのテーブルにそれらを並べ、颯天とは斜向かいのソファーに座り、早速モンブランを味わった。

季節限定、和栗の高級モンブランは、渋みを残す大人の味。濃厚なマロンクリームと甘さ控えめの生クリームが口の中で絡み合う。

(少し切なさの染みたこの味を、私は多分一生忘れないだろう)

そんなことを思いながら飲むコーヒーは、いつになく苦かった。

モンブランを食べきりコーヒーを半分飲んだところで、杏香は雑誌に目を落としたままの彼をじっと見つめ、背筋を伸ばす。

こんなに緊張したのはいつ以来か。就活の面接よりも不安で怖い。

だが今日言わなければ、ずっとこのままの関係が続いてしまう――それじゃダメなのだ。

(明るい未来のために、このままじゃいけない。中途半端な自分と決別する!)

膝の上で拳を握り、思い切って口を開いた。

「私……」

たった三言で喉がカラカラに乾き、つい瞼を伏せてしまった。心臓はバクバクと暴れるし、唇はガクガクと震えている。

がんばれと自分に言い聞かせながら大きく息を吸い、再びまっすぐに颯天を見つめた。

「私、二十五歳になったので、そろそろ結婚して子どもが欲しいんです。だからもう、こんな風に専務と会うのは止めようと思います」

（ちゃんと言えた）

颯天は雑誌から目を上げて、杏香を見つめ返した。

少しの沈黙の後、ゆっくりと口を開く。

「そうか」

それだけ言うと、彼はまた雑誌に目を落とす。

（え……そ、それだけ？）

あまりのそっけない態度に一瞬固まったが、考えるのは後だ。

「じゃあ、帰りますね」

長居は禁物。大急ぎで空になった自分の皿とコーヒーが残ったカップを手にキッチンへ向かい、シンクに置いた。

「鍵、ここに置いていきます」

チャリンと音を立てて鍵をダイニングテーブルの上に置き、そそくさとバックを片手に、脱兎のごとく走り玄関から外廊下に出た。

扉を閉じて、肩で大きく息をする。

靴音を響かせないようにエレベーターまで走り、乗ってすぐに下りのボタンを押す。一刻も早く、そう思っているときの一分は長い。

早く！　早く来て！　と心で叫び、ようやく到着したエレベーターに乗り込んで扉が閉まりかけたとき。

　ガシッと扉を抑える手が見えた。

　ギョッとして目を丸くする杏香に、彼は薄く微笑む。

「忘れ物だ」

　扉を抑えていない方の手が差し出してきたものは、杏香の部屋の鍵だった。

　彼の指先からぶら下がるハートのキーホルダーが揺れる。

「あっ……、すみません」

　冷たい視線を向けた颯天は杏香の手に鍵を落とし、ためらいも見せずに戻っていった。

　押さえがなくなったエレベーターの扉は、静かに閉まり、ヒューという機械音を立てながらエレベーターが下りていく。

　杏香は呆然と、手のひらの鍵を見つめた。

　鍵についたキーホルダーはモコモコしたピンク色のハート。彼にこの鍵を渡すときはまだ、明るい夢があった。恋人になれるかもしれないなんて――

　込み上げる悔しさに唇を噛む。

（わざと忘れたわけじゃないもん。それにこの鍵は渡したけど一度も使わなかったじゃないの。だから、忘れていたんだし……）

「専務のバーカ、お前なんかキライだ！　一昨日来やがれ！　アホ」

　上を向き、彼の部屋の方角へ思い切り悪態を吐いて、一階ロビーへと到着したエレベーターから飛ぶように降りた。

通りに走り出て、こんなマンション二度と来るもんかと思いながらキッと見上げると、悠然と見下されているような気がしてますます腹が立ってくる。

ベーッと思い切り舌を出し、踵(きびす)を返す。

全身でイライラと怒りを発散しながら歩いていたらしい、すれ違うスーツ姿の男性が怯えたように後退(あとずさ)る。そんな関係のない男性にさえ、噛みついてやりたい気分だ。

(愛はないのかっ！　鬼！)

よかったじゃないの。ね？　と自分を励ましてみる。

すべて予定通り。ちゃんと別れを宣言できたし、彼の反応も何だかんだ言って想像通りだったではないか。

彼がエレベーターまで追いかけて来た時は、もしかして引き止めようとしてくれるのか、なんて期待に胸を躍らせてしまったのは一生の不覚だが、彼の冷たさを思い知るいい出来事だったと思えばむしろよかったのだ。

こんなことなら。こんなにあっさり別れられるなら――

(もっと早く別れるんだった。バカみたい、私……)

後悔とともに、涙が溢れてくる。

見上げた空にぽっかりと浮かんだ月が、涙で滲む。今は辛くても、必ず乗り越えられるはず。そう信じて涙を拭った。

＊＊＊

もうすぐハロウィンのお祭り騒ぎを迎える街は、秋本番を迎えようとしている。

あと半月もすれば公園の木々も色づき始め、落ち葉の絨毯が風で舞う頃には、気の早い店からジングルベルが聞こえ始めるだろう。

音を立てて吹き抜けていく北風に身震いした杏香は、そろそろ厚手のコートに変えようかと思いながらスカーフを首に巻き直す。

予報がどうあれ、杏香にとって今年の冬は一段と寒いはず。

クリスマスツリーの影で愛を囁き合う恋人たちが、氷の矢を撒き散らす恐ろしいシーズンが来るその前に、身を守る準備をしなければ乗り越えられそうもない。

ふと足を止めた杏香は、ＴＫＴ工業のビルを見上げ、ふぅと息を吐く。

颯天と別れてから半月。特に何もなく、つつがない日々を過ごしているがまだまだ油断は禁物だ。

(さあ今日も一日がんばろう)


「おはようございます」

「おはようー、樋口さん、早速で悪いんだけど、これお願いしていい？」

「はい！」

心の傷が消えたわけではないが、結論を出せずにぐずぐずと思い悩んでいたときとは気持ちの上で随分違う。

傍目にも元気に見えるらしい。資料を持ってきた先輩女子社員の由美が、ひょっこりと屈み込んで杏香を覗き込んだ。

「何かいいことでもあった？　何だか最近楽しそうね」

楽しそうに見られれるのがうれしくて、杏香はえへへと笑ってみせた。

「はい、ちょっとだけ」

「いいなぁー、いつも元気で。私なんか腰が痛くてダメだ」

他愛ない雑談にほっこりしつつ、杏香は由美に頼まれた通り、備品を届けに向かった。

倉井課長の想いは由美に届いた。二人は交際中で年明けには結婚する。

最初こそ辛かったはずだが、今はもう甘酸っぱい思い出になっていて、杏香は心から二人を応援している。幸か不幸か、失恋の傷は颯天が綺麗さっぱり消してくれたのだ。

おかげで別の傷ができてしまったが……

届け先は秘書課。秘書課のあるフロアは役員室もあり、奥には高司専務の執務室もある。顔を合わせる可能性が高い危険地帯ゆえになるべくなら行きたくないが、仕事なので我儘は言えない。

廊下を歩く彼を想像し、杏香はムッと顔をしかめた。

この半月の間に起きたニアミスは三回。その度に心臓は暴れるし、震えるほど緊張したけれど、表向きは変わらぬ挨拶をするたけで事なきを得てきた。

「おはようございます」と頭を下げて、彼は「おはよう」と返し、通り過ぎて行く。

お互い表情は他人行儀のまま、一ミリも崩さない。総務部の平社員女子と専務取締役という、表も裏も接点なしという本来の関係に、綺麗に戻った。

交際していた頃は、エレベーターで偶然二人きりになったりすると、「今日は来るのか？」などと話しかけられたものだが、それは遠い過去。半月どころか、あれはもしや前世の記憶ではないかと思うくらいだ。

食費だと定期的に振り込まれていたお金がストップすると同時に、存在自体も記憶から抹殺されたらしい。目が合っても、彼は杏香のことをチラリと一瞥するだけ。その目は冷たくもないし、優しげでもない。他の社員に見せる眼差しと全く同じ。悔しいほど、憎たらしいほど彼はどこまでも永遠に変わらなかった。それなのに――

自分はといえば、そんな彼の態度にいともたやすく翻弄されてしまう。

一人で夕食を摂れば彼との食事を思い出し、寂しさのようなものが疼くし、優しいときの彼を思い出して、枕を濡らす夜もある。

そんな風に悲しい思いをするのは自分の方だけだと、わかっていた。

ずっとわかっていたけれど、一ミリくらいは未練を残してくれるんじゃないかと、期待した自分が情けなかった。

それでも時間は偉大だ。少しずつだが確実に心は癒えている。

悲しいラブストーリーの映画を見て号泣し、哀しさを転化させてみたり、親友に愚痴を聞いてもらったりして、一週間前よりも今日という風に、着実に傷口は塞がってきている。

そしてついに『何だか最近楽しそうね』と言われるほどに、元気になれた。

あともう少しの辛抱だ。時計は着実に動いている。クリスマスを乗り越え年が明ける頃には、時々でも傷を忘れるくらいに強くなっているはず。

それまでの辛抱だと、杏香は自分に言い聞かせる。

近い将来、彼はこの会社からいなくなる。今はここＴＫＴ工業にいるが、いずれは高司グループの他社に異動するだろう。なんといっても彼はＴＫＴ工業を含めた高司グループの創業者一族の御曹司なのだ。最終的にはグループ本体の高司建設に戻るに違いない。

そうなれば、顔を合わせる機会もなくなる。

だから、大丈夫。倉井課長への失恋を忘れたように、時はすべてをいい思い出に変えてくれるだろうから。

唇をキュッと結び、気を取り直してエレベーターに乗ろうとすると――

「あっ」

エレベーターには既に男性が一人乗っていた。

彼はボタンを押したまま、戸惑う杏香が乗るのを待っていてくれる。

「す、すみません」

目を細めて優しげな笑みを浮かべる四十代の素敵な男性。彼の名は坂元（さかもと）。恐らく唯一、颯天と杏香の関係を知っている人物。高司家の執事である。

「お久しぶりですね」

「お、お久しぶりです、坂元さん。今日は専務にご用ですか？」

「ええ、というか、私はここの取締役でもありますのでね」

「えっ！　そうなんですかっ!?」

「ご存知なかったですか？　まあ、非常勤の平取ですからね」

坂元を会社で見かけても、てっきり颯天に会いに来ているものとばかり思っていた。役員名簿に彼の名前はあったかしらなどと考えていると、坂元は内ポケットから名刺入れを取り出し、一枚差し出した。

「ありがとうございます」

名刺には取締役とあり、裏にはずらりと資格が並んでいる。一級建築士、電気電子部門の技術士、等々。ＴＫＴ工業はいわゆるサブコンだ。本家であるゼネコン大手高司建設の傘下にあり、電気工事や管工事など設備工事を請け負う。優秀な人材が揃っているので、ここでは珍しい資格ではないが、どれもそう簡単に取得できないものばかりだ。

「五年前までここの営業部にいたんですよ」

「そうだったんですね。存じ上げず、大変失礼いたしました」

入社二年目とはいえ、役員を把握していない自分が恥ずかしいやら申し訳ないやら。シュンとして俯いた。

それにしても、彼は高司家の執事であるばかりでなく、取締役でもあったとは。

彼もまた雲の上の人だったのか。

「お気になさらず」

彼は優しく微笑んでくれるが、もう気軽に声はかけられないなと恐縮するうちエレベーターは次の階で止まり、会話は途切れる。

そして、入ってきた社員が慌てたように、坂元からダンボール箱を受け取ろうとした。

「坂元取締役、私がお持ちします」

「ありがとう。でも大丈夫ですよ」

（あっ！）

そのダンボールは、杏香が持っていたはずの箱。名刺を受け取ったときに、いつの間にか杏香の手から坂元の手に移っていたのだった。

いいからという視線を向け頷く坂元の隣で、杏香はオロオロするばかり。

「す、すみません……」

坂元とはこういう人なのである。名門、高司家の執事らしく人当たりも柔らかで、相手が気づかないほど自然に、痒いところに手を伸ばす。

杏香は何度か颯天の部屋で彼と会っている。

颯天のマンションに杏香がいても、決して嫌な顔をせずに『颯天様が最近ご機嫌なのは、杏香さんのおかげですね』などと、うれしいことを言ってくれたりした。

不機嫌そうな颯天とは真逆の、いつも穏やかな表情を浮かべている優しい人だ。

何だかんだ悩みながら一年も颯天との関係を続けてしまったのは、彼の影響が大きかったのかもしれないと思う。

チンッと軽快な音とともに止まったエレベーターを降りると、ダンボールを杏香に返した坂元は、あたりを憚るように「そういえば」と、小声で言った。

「颯天様とはケンカでもなさったのですか？」

思わぬ質問にハッとした。周りに人はいないが、それでも杏香は坂元より更に声をひそめて答えた。

まさかと思うが、彼は知らないのだろうか。

「あ、あの。私たち、さよならしたんです。ご存知なかったのですか？」

「そうでしたか……」

坂元は言葉に詰まったように、親指を顎に当てて首を傾げる。

その様子に、杏香は杏香で少なからずショックを受けた。

（まさか坂元さんが知らないなんて……）

つまりそれは、わざわざ言うほどのことでもないと、彼が判断したからなのか。

「でも、私とは、これからもどうぞよろしくお願いします」

坂元はそう言ってニッコリと微笑む。

「はい、こちらこそよろしくお願いします」

颯天とは関係なく、こんな人が身近にいてくれたら、どれほど心強いか。

でももう、坂元との縁も切れてしまった。それがとても残念だった。

廊下で別れて、杏香は秘書課へ。坂元は奥へと進んでいく。

＊＊＊

久しぶりに聞く足音に、高司麻耶は少し驚いたように振り返った。麻耶は少し驚いたように振り返った。

「あら、お兄様？」

ここは渋谷の喧騒を離れた高級住宅街にある高司邸。

リビングに入り、どっかりとソファに腰を下ろすのは麻耶の兄、颯天だ。

颯天が邸に帰ってきたのは、かれこれ半年ぶりになる。

職場から車で三十分も飛ばせば帰れるし、使用人が世話を焼いてくれるので何かと楽なはずなのに、彼は不自由さを差し引いてもホテル暮らしやらマンション住まいを選んでいる。

「あ、そっか。お父様がいないからね」

クスッと麻耶が笑う。

この兄は、素行不良のために父に激怒され、喧嘩同然で家を出た。

といっても本当に素行不良だったのは昔の話。子どもの頃は格闘技系の習い事以外はすぐに逃げ出すし、十代後半は夜の街でケンカをしたりしていたようだが、高司家の跡取り息子という一応の自覚はあったらしい。社会人になった兄は見違えたように変貌を遂げ、どこからどうみても真面目なビジネスマンになったのである。

帰りが遅かろうが、思い通りにいかないことがあっても文句も言わず、黙々と情熱を持って仕事に向き合っている姿勢は、妹の麻耶から見ても尊敬に値するものだった。

そんな息子の姿に、母はもちろん、父もホッと胸を撫で下ろしたに違いない。

ところが、今から三年前、颯天は人妻の女優と不倫騒動を巻き起こした。

写真週刊誌の記者に撮られた写真は、抱き合ってキスしているように見えるところ。その女優と颯天は確かに学生時代から仲が良く、付き合っていたと言われてもおかしくないため、弁解の余地はないとされた。

女優の夫の力により、写真は公表されなかったが、当然夫は激怒したし、その夫は大事な取引先の社長だったため、颯天の父の逆鱗に触れた。

結果、颯天は高司グループの本体、高司建設の本社からグループ企業のＴＫＴ工業の役員に飛ばされたのである。いわゆる左遷だ。

父の怒りは相当なものでそれだけでは済まず、「お前にこの家の後は継がせん！　優秀な男を麻耶の婿に取る」と宣言した。

ギョッとしたのは麻耶だ。

大学生の麻耶は、まだまだ結婚などしたくはない。なのに父は見合い話を持ってくるようになった。とりあえず片っ端から断っているが、何としても父と兄に和解してもらわないと困る。

だが、今のところ父にも兄にもその兆しはない。

「お帰りなさいませ」

使用人のキクが現れて颯天の前にコーヒーを置く。麻耶の前に置くのはシナモンが香るロイヤルミルクティー。

「ありがとう」と、麻耶はにっこりと笑みを浮かべて礼を言う。彼女が礼を言うのはいつも通りだが、颯天も「ありがとう」と言った。

「えっ!?」

思わず声を上げた麻耶と、驚いたようにあんぐりと口を開けたキクが目を合わせる。

「何だよ」

ギロリと睨みながら、颯天はコーヒーカップに手を伸ばす。彼はこの家に帰ってくるとキクが淹(い)れるアイリッシュコーヒーを飲むのが習慣だ。

ガラスのカップから漂う湯気と一緒に、ふわりとウイスキーの香りが漂ってくる。

「だ、だって。お兄様がお礼を言うなんて。大丈夫？　熱でもあるんじゃないの？」

「颯天様、もしや、どこか体調でも？　主治医をお呼びしましょうか？」

麻耶もキクも覗き込むようにして颯天の顔をまじまじと見たが、チッと舌打ちをしながら睨まれて、すごすごと引き下がった。

もちろん本当に病気だとは思っていないが、それにしても……と麻耶は首を傾げる。

子どもの頃から、やたらと態度が大きい兄だ。感謝という言葉など兄の辞書にはないだろうという俺様なので、コーヒーを淹れたくらいで礼を言うなんて、ちょっと考えられない。

「ねぇ、キク。今までコーヒーを出して、お兄様からお礼を言われたこと、ある？」

「いいえ、一度も。今が初めてでございます。キクはうれしいです。颯天様がそのようにお変わりになられて、うれしい……」

泣いているのか泣き真似なのか、キクはエプロンの裾を取って目元に当てる。

二人のやり取りを見ていた颯天は、これ見よがしに大きなため息を吐き、眉間の皺を深くした。

「わかったよ、二度と礼なんか言わない」

「またまたー、冗談でございますよ。しばらくこちらに？」

キクは澄まして聞く。

「ああ、そのつもりだ」

「わかりました」

先週から父が家にいない。三カ月ほどニューヨークに出張の予定で母も同行しているため、この広い邸は麻耶とキクと坂元の三人だけだ。

「よかった。私たちだけじゃ、寂しいもの」

キクは元気だが齢六十。坂元はいわば執事のような存在で頼りになるが、いかんせん忙しい身の上だ。セキュリティはしっかりとしている邸なので心配はないとはいえ、武勇に優れた兄がいてくれれば何かと心強い。

「坂元は？」

「出かけているわ。でももうすぐ帰ると思うわよ」

「ふーん」

コーヒーカップをテーブルに置くと、颯天は立ち上がった。

自分の部屋に戻るのだろう。兄の背中を目の端で追いながら、麻耶はキュッと唇を噛んだ。

色々と聞きたいが、帰ってきた初日から質問攻めにして、へそを曲げられては面倒だ。「おやすみなさーい」と声をかけるだけに留めた。

「おやすみ」

リビングから廊下に出る兄の後ろ姿を見つめながら、麻耶は疑わしげに目を細める。

やはりどこか変だと思う。他人にならいざ知らず、家の者に礼を言うなんておかしいし、まるで、心に矢でも刺さっているかのように弱って見える気がする。

背中に漂う傷心の影――もしかして、可愛い彼女と何かあったのか？

首を傾げて考えているところへ、キクがカップを下げに来た。ちょうどいいとばかりに身を乗り出し聞いてみた。

「ねぇねぇ、キク。何かあったでしょ」

小声で「お兄様」と付け加える。

意味ありげに目を細めたキクは、廊下を振り返り、口元に手を当てて「もしかすると」と声をひそめた。

「あのお嬢さんと、何かあったのかもしれませんね」

「えっ、どうしたの？　何があったのよ？」

キクの言うその〝お嬢さん〟と兄が上手くいってもらわないと麻耶は非常に困る。このままでは本当に、大学卒業と同時にどこかの誰かと政略結婚させられてしまうかもしれないのだ。

「なになに、どうしたの？　最近会ってないとか？」

キクは週に二度の割合で、掃除洗濯のために颯天のマンションに行っている。備品の他、冷蔵庫の中も確認する。ミネラルウォーターや炭酸水などの補充のためだ。

ある日を境に、ガラスの保存容器に入った料理を見かけるようになった。

買ってきた惣菜のようには見えないし、行く度にドレッシングや調味料も増えていく。

キクは頼まれない限り料理はしない。となると——颯天が作るはずはないので、誰かがマンションに来て料理をしているに違いない。

本人は気づいているかどうかわからないが、不倫問題を起こしてからというもの、颯天は厳しい監視下にある。家を出た彼がマンションではなくホテルを拠点にしていたのも、ホテル暮らしをやめたのも、高司家の者は皆が知っていた。

キクから報告を受けた坂元がマンションを訪問し、料理をしている何者かが誰なのかを突き止めた。同じ会社の女性社員、樋口杏香。彼女は時々マンションを訪れ、キッチンで料理をしているようだと、実は皆が知っていたのである。

ついでに言うと、その料理は栄養バランスもよく、優しい味付けでおいしい手料理であると、こっそり味見をしているキクによって麻耶にも伝えられていた。

「先週、冷蔵庫が空になったと申し上げましたでしょう？」

うんうんと麻耶は頷く。二週間前にキクが行った日以降、冷蔵庫には何もないと。聞いていた。

颯天は出張も多いので、冷蔵庫が空でも珍しいわけではないが――

「あれきり、冷蔵庫はずっと空のままです。そのままこちらに帰って来られたとなると……」

キクはやれやれと、ため息を吐く。

「うそぉー」

思わず叫んだ麻耶は、がっくりと肩を落とした。

「まあでも、あの俺様だもの。普通の感覚の女性なら、やんなっちゃうわよね」

キクも反論はしない。

「まぁ、お優しいところも、ございますけれども、ねぇ」

しばらくして、坂元が帰った。

「颯天様は、お帰りですか？」

「お部屋に行かれましたよ」

「そうですか」

そう言ってそのまま扉を閉めようとした坂元を、麻耶が呼び止めた。

「ちょっと待って。お兄様どうかしたの？　しばらくここから出勤するそうだけど、何があったの？　彼女と別れちゃったの？」

せっかちな立て続けの質問に、坂元は安易に答えたりはしない。

「まずは様子を見てきますね」

顔をしかめる麻耶ににっこりと微笑んで、坂元は静かに扉を閉じた。

「私たち、お別れしたんです」

オフィスで杏香からそう聞かされても、坂元は驚きはしなかった。

様々な状況から予想していたことなので、実を言えば確認しただけである。

二人の恋愛関係が破綻したからといって口を出すつもりもないし、ましてや彼らが出した結論に異議を唱えるつもりもない。ただ、問題は別のところにあった——

軽いノックの後、「失礼します」と開けた扉は颯天の部屋だ。

重たそうに瞼を上げてチラリと坂元を見た彼は、存在感のある黒革の大きなソファに深く腰を沈めていた。

この部屋は天井が高く、一人には広すぎるように見える。

でも、そんな風に感じるのは、坂元がこの家に来て初めてかもしれない。

点いている灯りはダウンライトと点在するスタンドライトだけ。テレビ画面は闇に沈んだままだし流れる音楽もない。室内は静まり返り、テーブルの上には書類もノートパソコンも、酒の入ったグラスすらなかった。

彼はまだ着替えてもいなかった。ネクタイを緩めただけでスーツを着ている。

何もせず、ただ座っていたのだろうか？

「しばらくこちらに？」

「ああ」

「そうですか、ではマンションのほうは冷蔵庫の物など処分してもよろしいですか？」

彼女が作った料理はなくても調味料が残っていたりする。家政婦のキクが気にしていた。

颯天はゆっくりと頷く。

「ああ。頼む」

「では、明日にも片付けるように伝えておきます。何か御用は？」

「いや、別に」

「お疲れのようですが……」

「このところ、ちょっと仕事が立て込んでいたからな」

そう言いながら立ち上がった颯天に近づいて、脱いだ上着を受け取りながら、坂元はさりげなく言ってみた。

「今日、会社で杏香さんとお会いしました」

「――へえ、何か言ってたか？」

軽く俯いてシャツの袖のカフスボタンを外している颯天の横顔からは、何も読み取れない。

「いえ、特には何も」

坂元はそう答えた。

「私が取締役だということをご存知なかったようで、とても驚いていらっしゃいました」

彼は短く「ふーん」と答えただけだ。

別れたとも、何とも言わず――

以前、坂元は一度だけ、杏香について聞いたことがある。

「あのお嬢さんと、お付き合いされていらっしゃるのですか？」

今年の春先、樋口杏香とマンションで顔を合わせたのが三度目になったときだ。

坂元が知る限り、彼は女性を自宅マンションに招き入れたりしない。なのに、同じ女性と三度も顔を合わせるとなると、関係を聞かないほうが不自然と思われた。

彼は「ああ」とだけ、短く答えた。

そのときから、樋口杏香は高司家にとって公認の颯天の交際相手となったのである。だからといって誰も口にはしないが。

樋口杏香は別れたと言い、颯天は何も言わない。

さて、これは何を意味するのか。

＊＊＊

六本木の裏路地、雑居ビルにある小さなバー『氷の月』(こおりのつき)

この店には看板がない。ここは颯天の友人、氷室仁(ひむろじん)が、飲みたい酒と料理を友人たちと楽しむために開店した会員制のバーである。

カウンターに座る颯天は、つまらなそうにグラスを揺らした。

グラスにピタリと嵌っている球状の氷が、テラテラと光っている。

水割りとオンザロックは最初から違う。オンザロックは表面積が最も小さいこの球状の氷じゃなければダメだというのは、仁のこだわりだ。オンザロックの氷は酒を薄めるためにあるものではなく、冷やすためにあるという。

「恋愛も同じだ。薄くなっただけの萎えた味には興ざめするだけだ。そうなってしまったら最後、もう元のようには戻れない」

いつだったか、仁はそう言った――

つらつらと思い返しながら颯天は深い息を吐く。

「そういや、もうそろそろお前が嫌いなジングルベルの季節到来だな」

颯天が隣の席を振り向くと、仁はグラスを揺らしながらニヤリと口角を上げる。

「それで機嫌が悪いのか？　まだひと月以上あるぞ？」

クリスマスを迎えるこの時期になると、大体そうだ。彼は機嫌が悪くなる。

付き合っている女がいると不機嫌モードに拍車がかかるようで、イルミネーションに輝く甘ったるい流れに逆らうように、きれいさっぱり別れてしまったりする。

案の定、彼は嫌そうにピクリと眉を動かした。

あれはちょうど今から一年ほど前のことだ。

イブの前日、たまたま会社のエレベーターで二人きりになり杏香が聞いてきた。

「明日、早く帰れそうですか？　イブだからケーキでもと思って」

それだけの事なのに無性に癪に障った。

「お前、何か勘違いしているんじゃないのか」

杏香を見下ろし、颯天は冷たく言い放ったのだ。

(――後悔先に立たず、か)

ちょうど抱えていた案件がうまくいかず疲れていた。

「ねえ颯天さん、いいでしょう?」

「ねぇ、高司さん――」

クリスマスディナーに一緒にとしつこく誘ってくる女は他にもたくさんいて、杏香のことも所詮、群がってくる女たちと変わらないのかと思ってしまったのだ。理由はいくつも挙げられる。だが――


言うべきじゃなかった……

「まぁ何にせよ、クリスマスはお前の鬼門だからなー」

仁の言う通り、彼にとってのクリスマスは不吉を予感させる行事である。

颯天も仁も青扇(せいせん)学園という資産家の子女が集まる学校に通っていた。高司家という名家の家柄もだが、見た目のよさとクールさで、颯天は女の子たちから絶大な人気があった。


恋愛がなく、クールだの硬派だの言われても迷惑がるだけだったが、冷たくすればするほど、不本意にモテた。

バレンタインやクリスマスというイベントともなると女子生徒が寄ってくる。それが鬱陶しく学校をサボっていたが、それでも事件は起きた。

高校一年の冬、颯天とイブを過ごすのは誰かと女の子たちが勝手に盛り上がり、なぜか女同士取っ組み合いの大喧嘩に発展して、更になぜか颯天が悪者になり彼の父親が激怒した。颯天は半年近く父親から口座を止められ、監視を付けられてと酷い目に遭っている。

翌年「颯天、めんどくせえならいっそ、誰か一人に決めればいいだろ」と、適当なことを言った友人がいた。ならばと、最初に声をかけてきた女の子とうっかりイブに約束をしたのはいいが、今後はその女の子が自分たちは公認の恋人だと自分の親にも報告し、それを聞きつけた颯天の父が、そのときもなぜだか責任を取って結婚しろと彼を激怒した事件もある。

そんな事件がトラウマのようになり、颯天の中ではクリスマスになるとサンタが悪夢を持ってくるという構図になっているだろう。

だが、杏香はそんな颯天の事情など知る由もない。結局、イブもクリスマスも会わなかった。いきなり冷たく突き放されてどれほど傷ついたか。あのときの悲しそうな杏香の顔を思い出し、その度に颯天の心が痛くなった。時間が経てば経つほど、後悔は深くなる……

今年のクリスマスは去年の分も彼女に優しくしよう。ケーキを買って、帰りにプレゼントも用意して——そう思った矢先だった。

「私、二十五歳になったので、そろそろ結婚して子どもが欲しいんです。だからもう、こんな風に専務とは会うのを止めようと思います」

思い出した途端に、ますます心が重くなる。

沈む気持ちを立て直そうと、颯天はグラスの酒を煽るように飲んだ。

「で？　今の彼女とは二度目のクリスマスを迎えるのか？」

(俺はそのつもりだったがな……)

「——あいつ、本気で逃げる気だ」

ブッと仁がバーボンにむせて「ついにフラれたか」と破顔した。

「杏香ちゃんだっけ？　彼女もよく我慢したなぁ。お前みたいな俺様、とっくにフラれてもおかしくないぞ」

ぐうの音も出ないとはこのことで、颯天は返す言葉もなく黙り込む。

「だから言っただろう？　大事なものはちゃんと大事にしないと、本当になくすんだって」

去年の今頃、仁に杏香とのやりとりを話して言われたのだ。

『うわっ、お前サイテー、何その俺様発言。そんなこと言ってると逃げられるぞ。俺が女ならお前を刺し殺すわ。ただ、クリスマスケーキが食べたかっただけかもしれないぞ？　可哀想に』

言われて初めて我に返った。

クリスマスの呪いだと言ったところで始まらない。その後、様子を見て杏香に謝ろうとしたが、結局言いそびれたまま一年経ってしまった。

「フラれてねーし、大事にしてるさ」

深く反省し、あれ以来、一度も傷つけるようなことは言っていない。

仕事が忙しいゆえにまめには会えないが、会ったときは誠心誠意できるだけ優しく、彼女が受け止めきれないほどの愛情を注ぎこんできたつもりである。

「ちゃんと愛してるって言ったか？　女の子には言葉にしないと伝わらないぞ？」

「いや、そんなはずはない」

十分伝わっているはずだ。言葉にしなくても、熱い想いは彼女の〝体〟に注ぎ込んでいる。

「あ、言ってないいんだ」

「俺は安売りしないんだ。なんだったら結婚式当日まで取っておくつもりだし」

「えぇー？　特別すぎるだろ」

仁は笑うが、今はまだ言うつもりはなかった。

「順番があるんだよ、色々と」

「そーですか。でもお前は、去る者は追わずじゃないのか？　ダメだとなれば、日本刀を振りかざすように女との関係を切り捨てる。ムカつくだの何だの言う前に、その時点できれいさっぱり忘れるような酷い男。それがお前だろ？」

言いたい放題だが、さすがに長い友人だけあってよくわかっている。

これまでたったの一度も自分から女を誘ったことはないし、面倒となれば切り捨てるように別れてきた。離れていく者を追いかけるなど考えらえない。

「――別に。俺は追いかけたりしない」

「ほう。じゃあどうするんだ。彼女が逃げていくのを指くわえて見てるのか」

「まさか」

ハハッと声を上げて颯天は笑った。

「逃がさない。それだけさ」

仁に「肉食獣か」と突っ込まれながら、颯天は何と言われようと構わなかった。

この胸のモヤモヤの正体が何なのか。

一年前に見た彼女の悲しげな瞳が、なぜこうも胸に焼き付いて離れないのか。愛なのか執着なのか、そんなことはどうでもいいのだ。

いつの間にか心の大半を占めている杏香の存在を失くすわけにはいかない。絶対に――

決意を固めるように、颯天はグラスに残ったバーボンを一気に飲み干した。

第二章　新しい恋をしましょう

杏香は、髪形を変えた。

長かった髪を三十センチほどバッサリと切ったのだ。

「頼まれていたクリアファイルですが、これでいいですか？」

「ありがとう。って、え？　樋口さん、髪型。随分思い切ったわねー」

営業部の先輩社員にしげしげと見つめられ、背中がこそばゆくなり照れ笑いでごまかした。

「皆に驚かれちゃって」

髪を切って一週間以上が経つが、いまだに廊下ですれ違う社員の何人かが、杏香を見て驚くような様子を見せる。結構な変わりようなので、一瞬誰だかわからないらしい。

「もったいない気もするけど、すごく素敵よ。今の髪形もよく似合ってる」

「ありがとうございます」

入社以来ずっと、杏香の髪は長かった。

細いけれども艶のあるロングヘアは自分でもお気に入りで、定期的にヘアサロンに行きトリートメントをしっかりとしてもらって気を使っていた。

忙しい朝も時間をかけて毛先をゆるくカールしてみたり、手入れを怠らなかった。

颯天もその長い髪が気に入っていた。……多分。

後ろでひとつにまとめていた髪を、彼はキスをしながらスルスルと解いた。

そして、解けた長い髪を指ですき、首筋に顔を埋めるようにしてうなじに甘いキスをする。

体が痺れるようなあの一瞬が、杏香は何よりも好きだった。

先週、鏡の前でブラッシングをしながら、彼に触れられたときの感触を思い出した。

「杏香」というあの懐かしい囁き声とともに――

ふと、髪を切ろうと思った。

二度と、あの甘い記憶を呼び起こさないよう、バッサリと。

担当の美容師には、本当にいいの？　と何度も念を押されたし残念がられたけれど、杏香の固い決意は変わらなかった。

「樋口さんが僕の恋人だったら、全力で阻止するんだけどなぁ」

そう言われて颯天の顔が浮かび、幸せだった思い出が消えるようで胸が痛んだが、これでいいんだと自分に言い聞かせた。

切った髪はヘアドネーションに使ってもらうことにした。切なくとも、誰かのためになると思えばいくらか慰められる。

新しい髪型は、切りっぱなしのボブというらしい。

サイドからグルッと肩につかない程度にゆるく切り揃えられた髪は、裾が自然と外に跳ねている。

アッシュブラウンにカラーリングされたこともあって、全体的に軽やかで明るい髪型だ。

髪型だけでなく、化粧も少し変えた。

ほんのりと頬にいれるチークも、今までよりは明るいピンクにして、表情まで一気に明るくなったように思う。

颯天と付き合っていた頃は、彼の隣に並んでもおかしくないように、上品であるように心がけていた。別に彼に言われたわけではないが、そうでないと簡単に捨てられてしまうような気がして、精一杯背伸びをしていたのである。

今こうして髪を切って、しみじみと思う。

やっぱり自分は無理をしていたんだと。

捨てられる恐怖がなくなった今、身も心も軽い。短くなった髪はすぐに乾くし、手櫛で簡単にブローしてワックスをちょっとつけるだけ。雰囲気が変わった自分への買い物も楽しくて、化粧も気分によって変えてみたり、今まで手に取らなかったプチプラ服も組み合わせてみたりする。

思い出を断ち切るために髪型を変えたけれど、結果的には大成功で、鏡を見る度に本当に生まれ変わったような気がしてウキウキと胸が躍る。

杏香は今の自分にとても満足していた。


席に戻るなり、倉井課長がひょっこりと首を伸ばす。

「樋口さん、これ、うちじゃ判断できないから秘書課に持って行ってくれるかな」

渡された書類を見ると、営業部主催のイベントで秘書課にも接客の手伝いを頼みたい旨が書いてある。

ニコニコと目を細める課長に、杏香はため息を返す。

「また営業ですか。あの人たち、絶対便利屋だと思ってますよね」

隣の席から由美が「課長、突き返してやりましょうよ、営業に」と身を乗り出した。

「そうしましょう、課長！」

「まぁ、そう言わず、よろしくお願いします」

倉井課長は困ったような笑みを浮かべ、ポリポリと頭を掻く。

「それにしても樋口さん、髪を切ったら何だか入社当時の元気な樋口さんに戻ったみたいだなぁ」

「え？　そうですか？　私、暗かったですか？」

聞き捨てならぬ発言に思わず身を乗り出す。

専務への恋も失恋も、決して表に出ないよう隠してきたつもりなのに、滲み出てしまったのか。

「いやいや暗くはないよ、ただ、うーん、何て言うのかな、とても気を遣っているように見えたっていうか、高嶺の花風だったたっていうか」

「〝風〟って何ですか、それ」

アハハと課長が笑う。

「高嶺の花じゃ、ツンと澄まして気取っているみたいだろう？　樋口さんは別に気取ってはいないから」

「それで？　高嶺の花風から雑草へってことですか」

「雑草って、やだなぁー、僕は花の名前がわからないから例えようがないんだけど、そうそうあれあれ、花壇で咲いている黄色とかオレンジ色の、今の樋口さんはあんな感じ」

「黄色とオレンジ？　あ、もしかしてマリーゴールドですか？」

「そう、それだ」

由美が呆れたように話に加わってくる。

「課長―、褒めてるようには聞こえませんよ。色々と変」

「え？　あれ？　そうだった？　褒めてるつもりだったんだけどなぁ。だってほら、マリーゴールドって可愛い花だよね？」

「それはどうもありがとうございます」

笑いながら、杏香は思った。

(そうか、私は高嶺の花風からマリーゴールドになったのか)

あきらめにも似た複雑な思いが心に広がる。

課長の言う通りだ。高嶺の花になろうとして、結局なりきれなかった。誰よりも自分が一番わかっている。そこを〝風〟と表現した倉井課長はやはり見る目があると思う。だからこの人を好きになったんだと思えば、古傷がチクリと痛んだ。

課長に頼まれた資料を持ち、経理部を後にした杏香は、廊下に出るなり軽くため息を吐いた。

「秘書課かぁ……」

向かう先が秘書課となると、どうしても緊張してしまう。颯天と会う確率が高くなるからだ。

（変わった私を見て、専務はどう思うだろう……？）

そう思うと、早くこの姿を見せたい気もした。

そして、彼の目を見て心の中で言ってやればいい。髪と一緒に思い出も切り捨てて、綺麗さっぱりあなたを卒業したんですよー、と。

（そうよ、ファイト！）

決意も新たに胸を張り、ツンと上を向いて自信たっぷりにエレベーターの到着を待っていると、チンと軽い音を立てて扉が開く。

……と同時に、一瞬心臓が止まった。

中にいたのはなんと、よりによって、高司専務ただ一人。

彼は濃紺のスーツを着ている。白シャツにグレーのネクタイ。整髪剤で整えた髪はスッキリと横に流れ凛々しい目元がよく見える。

左手はポケットに入れ、右手は――恐ろしいほどカッコいい。

（あっ！）

時間にすれば数秒だろうが、彼が「開」のボタンを押してくれていると気づくまで、杏香は颯天を見つめたまま人形のように固まっていた。

「す、すみません……」

ゴクリと息を呑み慌てて中に入るが、緊張で既に喉はカラカラだ。

「階数は？」

「あ、お、同じで。ひ、秘書課に用事があって……」

しまった！　と思うがもう遅い。何も秘書課に行くとまで言い訳がましく言う必要はないのだ。

今の今まで勇気満々で堂々としていたはずが、自分でも呆れるほど挙動不審になってしまい泣きたくなる。

目の前には、彼の背中。どんなに後ろに下がってもたいして距離は取れない。エレベーターの箱の中の占拠する圧倒的存在感に、目眩がしそうだ。

到着までほんの数分。がんばれ、がんばれと言い聞かせて大きく息を吸い、きつく瞼を閉じ胸にあてた書類を強く握る。

「……髪」

「はっ、はい？」

突然発せられた彼の声にビックリして目を開け、背筋が伸びる。今彼は何と言ったのか？

颯天がゆっくりと振り返った。

「切ったんだな」

「あ、ああ、髪――は、はい。へ、変ですよね……」

「いや」

「え？」

（――あ、あれ？）

なんか優しい顔してる？

定番になっている不機嫌そうな目元がいつになく柔らかいし、ほんの数ミリ口角が上がっているように見える。

うっかり見つめ合ったのもほんの束の間。次の階で扉が開いた。

慌てたように視線を外して前を向くと、エレベーターを待っていた社員たちの緊張溢れる顔が並んでいる。それぞれが引き締まった表情で、彼に会釈をしてからエレベーターに乗ってくる。

颯天と杏香の間に男性社員が立ったので、一気に肩の力が抜けた。

（変ですよね？　って言ったら、「いや」って言いましたよね？　優しい顔で。それって似合っているって褒めてくれたんですか？　いやいや、まさかねぇ、お世辞よ、お世辞）

もしかして……彼は長い髪が好きなのだと思い込んでいたが、実はそうでもないのだろうか。

あれこれ考えつつ、杏香は指で毛先を触ってみたりした。

何度目かのチンという音の後、目的の階にエレベーターが到着すると、颯天を待ち構えたように秘書課長が出迎えた。

「専務、たった今電話がありまして」

秘書課長を従えて先を歩く颯天の背中を懐かしいような気持ちで見つめながら、ふと思った。

（ん？　専務……元気がない？）

心なしか、影が薄く感じるのは気のせいなのか？

仕事で疲れているのだろうか。そうだとしても、もう肩もみもマッサージもしてあげられないですよと、背中に言ってみた。

優しげな表情といい覇気のない背中といい、何だか調子狂っちゃうなぁと思いながら秘書課での用事を済ませてエレベーターを待っていると、今度はエレベーターから出てきた坂元と鉢合わせた。

挨拶だけでも交わしたかったが、周りに人がいる。総務部の一社員にすぎない杏香が親しげに声をかけるわけにもいかず、他の社員同様軽く会釈をしただけで、エレベーターに乗り込もうとした。

すると、坂元が杏香を振り向いた。

「あ、すみません。総務の方ですよね？　ちょっとお願いしたいのですが」

「はい？」

坂元に促されるように廊下の隅のほうに行くと、彼は「すみませんね、呼び止めてしまって」と謝ってくる。

「いえいえ」

「随分イメージが変わられて。でも、よく似合っていらっしゃる」

「あ、ありがとうございます」

まさか、坂元にまで褒めてもらえるとは。

颯天の前では狼狽してしまったが、ここでは満面の笑みで耳を傾けると、坂元は「確認なんですが」と、戸惑ったように眉尻を下げる。

「本当にお別れなさったのですか？」

「え？　ええ……」

坂元は「そうですか」と、俯く。

怪訝そうな様子から察するに、彼はまだ何も言っていないのだろう。彼にとってはやはり、些細な出来事なのだ。

少しだけ浮かれた心が、また沈む。

「すみませんね。何度も」

用事はそれだけのようで「では」と、行こうとする坂元に聞いてみた。

「あの――専務はお疲れですか？　さっきエレベーターで偶然一緒になったのですが、何となく気になって」

「ええ、食もあまり進まないようで……」

人が来たのでそれ以上は話を続けられない。今度は杏香が「では」と頭を下げると、その場を取り繕うように坂元が話しかけてきた。

「厚さ三センチのＡ４のファイルを二冊と、方眼のレポート用紙を一冊お願いできますか？」

「あ、はい」

「急ぎませんので、何かのついでのときに」

「わかりました」

では、と、今度こそそこで別れた。

（食が進まないなんて……元気がないのは、気のせいじゃなかったのか）

考えてみればエレベーターで行先まで確認してきたり、髪型について自分から言ってきたり、何もかもちょっと変だった。

杏香が知っている彼なら、階数など聞いたりしない。自分のことは自分でやれ、俺のことはお前がやれと横暴なはずだし、杏香が髪型を変えたくらいで何かを言うほど、細やかに気を遣う人じゃない。せいぜい薄く微笑んで終わりのはず。

彼が杏香に優しいのは、ベッドの中だけだったのだから……

『杏香、声は我慢しなくていい』

蕩けるように甘い声で囁き、シルクのように柔らかく滑る指先で、杏香が泥のように眠るまでずっと、愛してくれた。

『どうした？　まだ足りないか？』

——そうじゃないの。好きって言ってほしいの……ただ、好きだよって。それだけで……

エレベーターがチンと軽い音を立てて止まり、ぼんやりと考え込んでいた自分にハッとする。

思い出を振り切るように頭を振り、急足で廊下を進む。

やはり顔を合わせてしまうとダメだ。あのフロアに行かないで済む方法はないかと、ぶつぶつ言いながら自分の席に戻った。

(彼の食欲なんて、私には関係ないじゃない)

よほど苦悶の表情をしていたらしい、席に座るなり由美が心配そうに声をかけてきた。

「どうしたの？　何かあった？」

いっそ正直に話してみれば、何かいい解決方法があるかもしれない。

そう思った杏香は、思い切って聞いてみた。

「どうも、あのフロアって苦手なんですよ、やたら緊張しちゃって。偉い人多いし。先輩、秘書課に行かないで済むいい方法ないですか？」

「ええ？　まあ確かに私も苦手だけど、秘書課の人たちを呼びつけるわけにもいかないしね」

「――ですよね」

書類を取りに来いなんて言ったら、間違いなく怒り出すだろう。

「いつも偉そうで。ほんと何様よね」と文句を言う由美に苦笑を返し、気を取り直して冷めたコーヒーに手を伸ばす。

ここで働いている以上、時間が解決してくれるまで耐える以外に解決方法はないのだ。自分と彼とのプライベートな問題など、仕事には何の関係もないのだから。

「ねぇ、知ってる？」

由美を振り向くと彼女はニヤリと目を細め口元を歪めた。

「秘書課の青井光葉（あおいみつは）さんと高司専務。デキてるって噂」

ちょうど口にしたコーヒーとあやうく噴き出しそうになりながら、杏香はギョッとして彼女を振り向いた。

「し、知らないです。そ、そうなんですか？」

「前からおかしいと思っていたのよねー、専務って青井さんと一緒によく出かけるみたいだし」

青井光葉と言えば秘書課ナンバーワンの美人だ。

華やかな顔立ちで抜群のプロポーションを誇る聡明な才色兼備。しかも父親は大手銀行の次期頭取と噂される人物で、あらゆる条件を兼ね備えた完璧な女性と言われている。

「へえー。お似合いですね」

身長一八〇センチを超える颯天と一七〇センチの彼女が並んで歩けば、それだけでグラビアの撮影のように華やかになる。家柄といい、お似合いだとしか言うべき言葉が見つからない。

由美には知らないと言った杏香だったが、実はこれまでも彼女の存在が密かに気になっていた。颯天と一緒にいる時、彼が電話口で『青井が』とか『青井に』と言っていたのを何度か聞いている。その度に気にしないではいられなかった、というのが正直なところ。

「私は嫌だわ、なんとなく嫌な感じがする」

由美が顔をしかめる。

「でも先輩、青井さんは相変わらず評判いいですよ？　変な噂も聞こえてこないし」

光葉の評判は概ね良い。声は優しげで威張らず、感じがいいと皆が言う。だが由美は、きっと裏の顔があるに違いないと言ってはばからない。

実際のところはわからないが、もし颯天が光葉と付き合っているなら、できれば社内の噂通りいい人であってほしいと思った。

いつも仕事で疲れている彼に、穏やかな安らぎを与えてあげてほしい。

もう自分には関係ないけれどと、杏香は瞳を揺らしながら俯く。

「そうそう樋口さん、第二倉庫で保管期限のチェックしておいてくれる？」

「ああ、そういえばもうすぐ年末ですもんね。了解です」

年末の大掃除の時期に保管期限切れの書類が入った箱を整理する。どれくらいの量になりそうか、前もってチェックをしておけば滞りなく作業が進むので、この時期、仕事の合間に見ておくのが習慣だった。

雑談を終えてパソコンに向かうも、杏香の指先は一向に動かなかった。

聞いたばかりの噂が耳に残って離れないのである。

(高司専務と青井さんが、交際している……?)

結婚は決まったのだろうか。自分はちゃんとお祝いを言えるだろうか、
悶々と考え込んでしまいデスクワークに集中できそうもない。気分転換に第二倉庫のチェックに行こうと、席を立つ。

「第二倉庫、行ってきます」

「はーい。よろしく」

廊下を進みながら、ついつい噂について考えてしまう。

もし噂が本当だとすると、いつから付き合っているのだろう。彼に別れを告げてからひと月は経っているが、その前からだとなると、完全に二股である。

(そうなの？　あんなに素敵な恋人がいたのに？)

だとしたら、とんでもないクズ男ではないか。

もし別れを切り出さずにあのまま付き合っていたら、ある日突然『結婚が決まった。お前ともこ

れまでだ』とか言われていたかもしれない。

十分にありえそうで背中に悪寒が走り、杏香はブルブルと震えた。

ただ、その一方でやっぱりねと思うのだ。

御曹司の彼が結婚相手に選ぶのは、光葉のような然るべき家柄の令嬢であり、間違っても自分のような平凡な女性ではないのだと。

彼にしがみつけばつくほど、心の傷が深くなるだけだった。傷が浅いうちに、立ち直れるうちに、勇気を出して別れてよかったと自分に言い聞かせた。


第二倉庫は総務部の廊下を挟んで反対側にある。

憂鬱な気持ちを抱えたまま倉庫の扉を開けると、既に電気が点いていた。

先客がいるらしい。

「失礼します」

声をかけて中にはいると、通路際にひょっこり顔を出したのは、営業部の志水(しみず)だった。スラリと背が高いイケメンの彼は、愛嬌もあって女性たちに人気のエリート社員である。

「あ、樋口さん」

ニコニコして感じのいい笑みを浮かべる彼につられて、杏香の頬も上がる。

「探し物ですか？」

「そうなんだ、営業の倉庫にはなかったのでこっちかなぁと」

「お手伝いしますね」

「ありがとう、助かるよ」

二人で保存箱の中を探すうち、世間話になった。

「樋口さんが飲み会に全然参加しないのは、飲めないからっていう理由だけ？」

「別に理由っていうほどではないですけど、何となく飲み会って気が重いっていうか、私って乗りが悪いんですよね」

本当の理由は別にある。入社後間もなくは倉井課長に恋をしていたからだし、その次は颯天のことしか頭になかった。飲み会は他の男性との出会いの場のような気がして、興味がなかったのだ。

「彼が嫌がるからとかじゃないの？」

「彼？　もしかして恋人とかならいませんよ？」

少し前までは胸に引っ掛かりがあったけれど、今は堂々と言える。すべては過去だ。

「嘘、まじで？」

「はい。まじで」

「クリスマスとかボッチなの？」

それは次のクリスマスに限ったわけじゃない。

「ええ、去年も一人でコンビニのケーキ食べました」

忘れもしない、去年のクリスマス。

彼と会うようになって三カ月くらい経っていた。イブの前日にたまたまエレベーターで二人きりになったので聞いてみたのだ。

「明日、早く帰れそうですか？」

ちらりと見下ろす彼は、なぜそんなことを聞くんだ？　という風だったので、「イブだからケーキでもと思って」と答えた。

特別深い意味はなかった。最初から、お前と付き合うつもりはないぞと言われていたし、彼との関係に何か期待したわけじゃない。

ただ、彼の家で会うならイブらしい食卓にしようかなと思っただけだった。

それなのに彼は氷のように冷たい目で見下ろして言ったのだ。

「明日から年明けまでは、パーティか残業だ」

「そう、ですか」

胸の内に、残念だと思う気持ちがなかったといえば嘘になる。でも――

「お前、何か勘違いしていないよな？」

言われた瞬間、氷柱が胸に刺されたように凍りついた。

「……何を、ですか？」

「いや、別に」

フッと視線を外した彼の冷たさを、一生忘れないと杏香は思う。

その後、クリスマスと年末の間にホテルに呼び出されて食事をし、何のプレゼントかわからないネックレスをもらったけれど、だからといって、胸に刺さった氷が解けたわけじゃない。

思えばあの日から、別れるためのカウントダウンは始まったのだ――

とにかく去年のクリスマスは、史上最悪の思い出しかない。

「今年もボッチですけどね。一人クリスマスも慣れたもんですよ、はい」

ヨイショと保存箱を持ち上げようとすると、その箱がフッと軽くなった。志水が隣から手を伸ばし持ってくれたのだ。

「誘ったらダメかな」

(――え?)

颯天ほどではないが、志水も背が高い。見上げる杏香に、彼はにっこりと微笑みかける。

「俺も一人だし。っていうか、てっきり樋口さんは彼氏がいるんだと思ってた」

志水に対して好感は持っているが、それは同僚としての好意だ。彼の誘いを乗るつもりはない。というか、志水に限らず二度と社内恋愛はしないと決めている。

これ以上話が進むと厄介なので、棚に向き直り、横にずらした保存箱を戻して話をそらす。

「寂しい者同士じゃ、余計寂しくなりますよー」

ここは会社だ。セクハラにも厳しくなっているのだから、気のないそぶりを見せればこれ以上誘ってはこないはず。そう思ったのに……

「俺、ずっと樋口さんいいなって思ってたんだ。でも君は飲み会にも全然来ないし、誘う機会もなくて」

嫌な予感がする。もしかして志水は本気で誘おうとしているのか。

嘘でも恋人がいると言えばよかったかと後悔しながら、あははと明るく笑ってごまかした。

「私なんか誘わなくても、志水さんモテモテでしょうに」

「俺は樋口さんがいい」

これはまずい展開である。志水の目はとても冗談を言っているように見えない。

「えっと……私そろそろ」

引きつり笑顔でひとまずこの場を離れようと歩み出すと、保存箱を棚に置いた志水は杏香の前に立ち塞がるようにして、一歩一歩と近寄ってくる。

「樋口さん。俺、君が好きなんだ」

「え？　あ、あの」

嘘でしょ？　と焦りながらジリジリと後ろに下がり、背中が壁に当たった。ここは部屋の端なので、逃げ場がない。

「ちょ、ちょっと待ってくだ、さい？　こ、ここ会社で、すよ……？」

人当たりがいいはずの志水の様子が変だ。目がギラギラとして、雄の匂いとでもいうか、とにかくいつもの軽い調子の彼じゃない。いざとなれば突き飛ばしてでも逃げるしかないが。

「俺、本気だよ？」

「いや、で、でも……」

気が動転して足がすくみ、どうしたらいいのか混乱していると、ふいに視線を横に逸らした志水が仰天したように目を見開いた。

「せ、専務」

（え？　専務？）

振り向いた杏香の目に映ったのは――

「あっ」

仁王立ちしている鬼の形相の高司専務――颯天だった。

「し、失礼しますっ」

直角に頭を下げた志水は、そのままグルっと奥の通路を走って飛ぶように倉庫から出て行った。

志水を睨みつつ、彼がいなくなるまで見届けた颯天は、杏香を振り返った……

そして全身に怒りのオーラを漂わせながら、ゆっくりと近づいてくる。

（――ひ、ひえ）

志水のように脱兎のごとく逃げたいと思うのに、恐怖で足が動かない。

見えるはずはないのに、颯天の瞳の中で紅蓮の炎が揺れている――ような気がする。いつだって悲しいくらい冷静なのに。どうしたというのか。

「早速、新しい男か」

「ち、ちが」

「――杏香、俺を甘く見るなよ」

杏香はきつく瞼を閉じた。

ああ、できることならこのまま気絶したい。

壁の中に溶けてしまいたい。神さま！　助けてっ！　という願い虚しく、颯天に顎をすくわれた杏香は震えながら唇を奪われた。

「……んっ」

右手を颯天の左手で壁に押さえつけられて重ねられる口づけは、甘いキスなんてものじゃない。痛いほどに激しい。

くちゃくちゃと、粘るような音が、静まり返った倉庫に響く。

「や、やめ――」

左手で彼の胸を押し、抵抗して束の間離れるも、またすぐ唇が重ねられる。

「――んっ」

何度も何度も、呼吸ができないほど強く口を重ねられ……蠢く颯天の舌は杏香の口内を蹂躙し、舌を絡め取り、吸い――

こんな状況であるのに、忘れかけていた熱を呼び覚ますように胸がざわつき、体の芯が疼いてくる。

やめて、やめてと杏香は心で叫んだ。

こんなことをする彼の気持ちがわからない。

(もしかして、嫉妬しているの？　そんなわけ、ないわよ、ね……)

他の男性と付き合ってはいけないのなら、どうしてあのとき別れたくないと止めてくれなかったか。

（私から言わなくても、どうせ捨てたくせに……）

――なのにどうして、こんなに熱いキスをするのか。

まるで狂おしいほどの劣情をぶつけられているようだ。くちゅくちゅと音を立てながら、貪る舌に息も絶え絶えになり――熱に溶かされていく。

「……んっ――や、め……」

息つく暇もなく膝の力が抜け崩れ落ちそうになったとき、颯天の携帯が音を立てて、ようやく杏香は解放された。

「はぁ……はぁ……」

電話に出る颯天を残し、倉庫から出た杏香はまっすぐ女子トイレに走り、個室に入ってそのままカタカタと震えた。

「な、何なの⁉」

（一体何なのよ！　怖いでしょ、怖すぎるでしょ、っていうか、どうしてあんなに怒るのよー）

志水との仲を疑われたことも悔しいし、あんな形で怒りをぶつけられたショックは大きい。

はらりと涙が頬を伝い。杏香は嗚咽に耐えるように口に手を当てた。

（落ち着け、私……）

慌てて涙を拭い、大きく息を吐く。個室に入るまで誰にも会わず誰にも見られなかったのは、不幸中の幸いだ。

そのまま数分間、動揺が沈むまで、ただゆっくりと深呼吸を続けた。

『――杏香、俺を甘く見るなよ』

本当に怖かった。志水に恐怖したはずが、颯天の怒気に上書きされてよく覚えていない。彼は俺様で冷たいところはあるが、さっきのように杏香を怒ったことはなかったのに。

(なぜ？　どうして？)

いくら考えても怒られる理由はないと思ううち、なんとか冷静を取り戻した。ここは職場。考えるのは家に帰ってからでいいと、気持ちをリセットする。

ロッカーで化粧を直してから席に戻ると、由美が「専務に会った？」と聞いてきた。

「え？　専務って……、高司専務が、ここに来たんですか？」

ギョッとして聞くと、彼女も驚いたように目を丸くしている。

「そうよ、ビックリしちゃった。樋口は？　って、第二倉庫にいますって言ったけど」

「ああ、それで……」

(ということは、彼は、私に会いに来たのか)

「何だったの？」

彼女が心配そうに聞いてくるのも当然で、そもそもこのフロアに颯天が来ること自体が尋常じゃない。

杏香の記憶にあるのは一度きり。その一回も、彼が会いに来た相手は総務部長だ。平社員に直接会いに来るなど、ちょっとした事件である。恐らくこの部屋にいる全員が何事かと思っただろう。

課長や部長にも理由を聞かれるに違いない。

（ど、どうしよう……）

会ってないとも言えないし、とにかく用件がわからなければ答えようがない。

これはまずいと必死に考えてハッとした。強引なキスの後、彼は電話に出ていたではないか。

「そうそう、入って来ましたけど専務はすぐ電話に出ていたので、話はしてないんですよ。何だろう？　ちょっと行って聞いてきますね」

席を温める間もなく、慌ててまた廊下へ出た。

出たものの、再び頭を悩ませる。今専務の執務室に行ったら、また何を責められるわかったものじゃない。鬼の形相の彼にまた襲われて、あんなことやこんなことと妄想しブルブルと怯えた。

そういえばと思い出した。坂元にファイルとレポート用紙を頼まれている。直接会わずとも、坂元から彼に聞いてもらえばいいと思い立ち、ホッと胸を撫で下ろす。

備品を手に、気が楽になったところでエレベーターに乗り、まず秘書課に立ち寄った。

ちらりと光葉が目に留まったが、今はそれどころではない。近くにいた秘書にそっと声をかける。

「坂元取締役のお部屋はどちらですか？」

総務はあらゆることを管理している。なので杏香もあらかた把握しているが、このフロアについてはよくわからない。なぜなら、このフロアについては秘書課が管理しているからだ。

「あら、坂元取締役は先ほどお帰りになりましたよ？」

「えっ？」

よりによって帰ってしまったとは……。絶望に打ち拉（ひし）がれていると、にこやかに微笑みかけられた。

「何かお渡しするものなら預かりましょうか？」

「あ、いえ、大丈夫です。えっと、あの……高司専務はいらっしゃいますか？」

「ええ、今はご自身の執務室にいらっしゃると思います」

こうなってはもう仕方ない。倉庫の件はなかったことにして、社員としての職務を全うするだけだ。

私はロボット。ただ用事を聞くだけ。ロボット、ロボットと呪文を唱えながら、そのまま彼の執務室に向かい、雑念を振り切るようにコンコンとノックした。

いっそ会議中とか席を外しているとかなら、このまま席に戻ってもごまかせるのに。しっかりと「はい」という返事が聞こえる。

声を聞いただけで目眩がしそうだが、もうどうしようもない。

「樋口です。失礼します……」

入ると同時に間髪入れず、杏香は「何か御用でしょうか！」と胸を張って宣言するように言った。

怖くて顔は見られない。視線は窓の外、隣のビルを見たまま、ファイルとレポート用紙を胸にしっかりと抱いて返事を待った。

執務室は静かだ。待てど暮らせど、シーンと静まりかえったまま何の音もしない。

そのままただ待つにはあまりに長い沈黙に耐え切れず、固唾を飲んだまま、そっと視線をデスクに向けると――

（ひっ！）

目に飛び込んできた彼の姿に、杏香は思わず肩がすくんだ。

指先で頬杖をついたまま、颯天はじっとこちらを見ている。

「あ……えっと、あの。何か、御用が、あったのかと」

ゆっくりと席を立った彼は「まあ座れよ」と視線を応接セットに向ける。

「は、はい」

颯天がソファーに腰を下ろすのを見届けて、恐る恐る杏香も向かいのソファーに座った。

すぐにでも逃げられるように、なるべく浅くと気をつけて。

「何だ、その後生大事に抱えている物は？」

組んだ長い脚を揺らしながら颯天が睨むのは、杏香の胸元にあるファイルとレポート用紙だ。

「こ、これは坂元取締役に頼まれたファイルと、レポート用紙です……」

気まずさに声がどんどん小さくなる。

「ふーん。預かるよ」

「えっ、あ、はい。お願いします……」

テーブルの上にそっと置くと、まるで鎧を剥がされたようで、途端に心細くなる。

「営業の志水だよな？」

冷えた声にハッとして目を剝いた。まださっきの事件は続いているのか。

「ち、違う！　な、何でもありません。か、彼とは、な、何もないです……」

颯天の片方の眉がピクリと動く。

「彼？」

もはや鬼だ。いや悪魔かもしれないと本気で思う。

「あ、いえ、し、志水さんとは偶然、倉庫で……ちょっと手伝っていただけで……す」

「へえー、あのままあそこで何かしそうに見えたけどな」

「あれはっ！　あ、あれは、その……でも私は別に」

あの場に颯天が現れなければ、もしかしたら何かが起きたかもしれないが、いざとなれば股間を蹴り飛ばしてでも逃げたはず。少なくとも自分は被害者で、彼に責められるのはおかしい。

むくむくと湧き上がる不満に頬を膨らませた。

「ああいうことはよくあるのか？」

「えっと……？　ああいうこと、とは？」

異性から誘われる経験ならあるにはあるが。

「男に犯されそうになること」

驚きすぎてソファーから腰を浮かせた。

「ちっ、ちょっと！　な、何てこと言うんですか！　あるわけじゃないですかっ！　会社ですよ？ここ」

むしろ犯そうとしたのはあなたでしょうにと睨み返す。

「それより専務、さ、さっきのは、な、何ですかっ！　セクハラどころの騒ぎじゃないですよっ」

訴えてやるぞ！　と心で叫ぶ。

本当に訴えてやりたい。

「お前は俺の女だからいいんだよ」

「――へ？」

心臓が、いや、時間が一瞬止まったと思う。

そして、耳を疑った。今、彼は何と言ったのだろう？

(――オマエハ、オレノ、オンナダカライインダヨ？　は？)

「ふ、ふざけないでください！」

「ふざけてねぇし」

(えぇー、ひ、開き直った)

背もたれに大きく両手を伸ばした颯天は、つーんと横を向く。

「……」

開いた口が塞がらないが、とにかくいつまでもこうしてここにいるわけにはいかない。

何か月もかけてようやくこの男の呪縛から逃げ出すことができたのだ。俺の女だのなんだという言葉は聞かなかったことにしようと決める。

目をつぶった杏香は、ふぅーっと息を吐いた気持ちを落ちつかせた。

あくまでも専務と平社員。その関係を貫かなければ。

「わざわざ総務まで、すみませんでした。どのようなご用件だったのですか？」

努めて事務的に淡々と言った。それなのに——

「忘れた」

横を向いたまま、ふん、と、不貞腐れたように彼は言う。

つまらなそうにため息を吐き、しれーっとして、杏香が置いたレポート用紙に手を伸ばし、パラパラと捲りはじめた。

「あ、あのですね。専務が何の用事だったのか、わ……私は、席に戻ったら報告しなくちゃいけないんですっ！　真面目に答えてください」

「おい、真面目に仕事の話をしに行ったのに、チャラチャラと男とイチャついてたのはどっちだ。え？」

眉を寄せて睨むその目は、どう見ても本気で怒っている。ふざけているとは到底思えない、ド迫力の怒りの目だ。

蛇に睨まれた蛙にでもなった気分である。

「だ、だから、それは……も、もういいです。思い出したら内線電話で言ってください」

恐怖が半分、いたたまれなさ半分。とにかく早くここから出たい一心で、杏香はすっくと立ち上がって、大股で扉に向かって歩いた。

「杏香、俺はお前を逃がさないからな。よく覚えておけ」

その言葉と一緒に突き刺さるような視線を背中に感じながら、扉を開けて廊下へ出て、一目散にエレベーターに向かう。

ここは会社で人がたくさんいて、彼も追ってはこないとはわかっているが、それでも怖くて杏香はとにかく逃げた。

(何なのよ！　鬼っ！　悪魔っ！)

俺様だとは思っていたけれど、別れてもずっと「逃がさない」とはどういうつもりかのか。

(この先、誰とも付き合っちゃいけないの？　一生独身でいろと？　あーもう、信じられない！)

そもそも忘れたとは何だ。用事を忘れたとは？

絶対に嫌がらせだ、あの悪魔めと、青くなったり赤くなったりしながらエレベーターに乗った杏香は、気が動転したまま総務に席に戻った。


「お疲れ様ー、専務は何だって？」

待ち構えたように由美に聞かれ、倉井課長も心配そうに顔を上げて見ている。二人だけではなく、課の全員が杏香を見守るように視線を送っていた。

「あ、あはは。なんか坂元取締役に頼まれていた備品の件でした。たまたまこの前秘書課に行った時に頼まれて。レポート用紙とかなんですけどね」

「何だ、そうなの」

ヘラヘラと笑ってごまかした。

「ええ、たいした話じゃなくてよかったです」

「樋口くん。いずれにせよ専務からの用事は最優先してね。秘書課も人手不足だから」

部長はわざわざ杏香の席まで来て、心配そうにそう言った。

杏香からすれば、「知らんわ。あんな鬼」という感じだが、仮にも彼はＴＫＴ工業の専務であるだけではなく高司グループ宗家の御曹司だ。扱いが違うのが悔しい。

「はい。わかりました」

そうやって周りの人たちが俺様扱いをするからますます俺様になっちゃうんじゃないの……と、ブツブツ文句を言ってみたが、もちろん口にはできない。

誰も私の苦労なんてわかりゃしないのよ、と不貞腐れてみるがそれも表には出せない。

（あーあぁ、やんなっちゃう）

さっさと帰ってふて寝をしたい気分だが時計を見れば夕方の四時。退社時間までまだ二時間もある。再び倉庫に行く気にはなれず、杏香はパソコンに向かった。

やれやれ、とんだ一日だとため息を吐く。

それにしても……

『お前は俺の女だからいいんだよ』

俺の女呼ばわりされて、うっかり胸がキュンとなってしまった自分にも腹立たしいが、今になってあんな風に言うなんて、どういうつもりなのか。

まさかと思うが、彼に別れた認識はないとか？

（何なのよ、一体！）

去る者は追わないとい感じの、もっとドライな人のはず。別れを切り出したときも「そうか」と言っただけだったし、その後ひと月の間何もなかったのに。

この一カ月の努力が水の泡だと杏香は人知れず頭を抱えた。

ああお願い、誰か夢だと言って！　と心の中の叫びはどこにも届かず、ただゆらゆらと空しく漂い、床に落ちて消えていくのだった。

＊＊＊

渋谷駅から約十分ほど、散歩程度に歩くと閑静な住宅地が広がっている。

建築物の高さなどが制限される地域であるゆえに日当たりもいい。賑やかな渋谷にこんな瀟洒な街並みが広がっているとは思わず、初めて目にしたときは驚いたものだ。

二十年ほど前を懐かしく思いながら、坂元はタクシーの運転手に声をかけた。

「その先の角を、左に曲がったところでお願いします」

ここは言わずと知れた高級住宅地。屋敷にはすでに着いているが、高い塀が張り巡らされていて邸は見えない。

門からは少し離れた塀の途中で、坂元はタクシーを降りた。

夜の九時である。夜の帷が落ちてよくは見えないが、塀のどこかに異常がないか確認しながら歩き、途中、正門の前に立つ警備員と挨拶を交わす。

「お疲れ様です」

更にその先へ進み、坂元は高司邸の裏門をくぐる。

アプローチを伝い、左に曲がると三階建ての歴史のある高司邸が見えてくる。昭和になって一度大掛かりなリフォームをしているらしいが、外観は大正時代に建てられた当初とあまり変わらないという。

部屋数は数え方によって変わるが、ゲストルームだけで五部屋はある豪邸である。

通いの家政婦の出迎えを受け、玄関を潜った彼は、まっすぐ家政婦のキクのもとに向かい、挨拶もそこそこに尋ねた。

「今日はどうでした？」

颯天の様子が気になるのだが、心配そうなキクの表情から想像した通りの答えが返ってくる。

「それが、また半分以上残していらっしゃって」

坂元も曇った表情で黙りこんだ。

「寝酒の量が少し増えているのも心配で。せめておつまみだけでもと思って、栄養価の高いものを出してはいるんだけどねぇ……」

邸に帰ってきて以来、颯天は食が進まない日が続いている。

つい先日、人間ドックを受けているがどこにも異常はなく、医者は疲れているのでしょうと言う。

本人は何ともないと気にしていないようだが、心配なので、何かと用事を見つけては取締役として足繁くオフィスに通っている。

しかし、会社での様子を見ても大きな問題を抱えている様子はなかった。確かに忙しくはあるが彼が扱っている案件は概ね順調であるし、心身にストレスを及ぼすほどの事案も社内には見当たらない。

(考えられる原因がひとつ、あるにはあるが……)

ため息をひとつ零し、二階にある颯天の部屋に向かった。

原因はなんであれ、彼はこの家のみならず高司グループを背負って立つ使命がある。不健康は許されない。気の毒だと思うが、それが御曹司なのだ。

颯天の部屋のドアをノックし、返事を聞いて坂元は中に入った。

「失礼します」

ゆったりとしたジャズが流れる中、彼は黒いガウンだけを羽織りソファーで寛いでいるようだった。手にはバーボンの入ったグラス。テーブルにはキクが言った通り、魚介のカルパッチョやチーズなどのタンパク質が並んでいる。

「私もいいですか?」

坂元の声かけに「どうぞ」と答える彼は、濡れ髪が無造作に額にかかっているせいか、年相応に若く見えた。

「ああ、そういえば杏香がファイルとレポート用紙持って来たぞ」

「そうですか」

「わざわざあいつに頼まなくたって、秘書課にあるだろうに」

ある程度の備品は秘書課にも常備している。

「ああ、そうでしたか」

そう答えたものの、坂元もそれを知らぬわけじゃない。彼女と接点を持つために咄嗟に頼んだだけだ。何にせよ、彼の方から彼女の話題に出たのはよかった。坂元はグラスに氷を落としながら、話を切り出した。

「そういえば――杏香さんは『さよならしました』と言っていましたが、そうなのですか？」

片方の口角だけを上げ、颯天は皮肉な笑みを浮かべる。

「まあな。いつまでも遊んでいられないし、潮時だ」

言い方はあまりにも淡々としていた。

「私はてっきり――」

思わず声にしてしまったが、あとが続かない。

(はて――、自分は何を言おうと思ったのか)

「ん？」

「いえ。それならばよろしいのですが」

気を取り直した坂元は、あえて冷たい言い方をした。

「来週日曜の件もありますし、そろそろ身辺は整理しておきませんと」

今のままでは、彼女は整理される側である。それでいいと思っているのか？　視線を皿の上に落としている彼の表情からは何も読み取れない。

強いて言うならば、「わかってる」と答えるその声が、いつになく乾いているような気がするだけだ。

カランと氷の音を響かせながら、彼は煽るようにグラスの中のバーボンを飲み干す。

来週の日曜、颯天は見合いをする。

相手は大手食品メーカーであるイチカ食品の社長令嬢、西ノ宮篤子。

この縁談がまとまれば、今後食品プラント建設などに大きく係わっていく見込みが立つし、西ノ宮家の豊富な資産と旧華族という家柄はビジネスと切り離しても十分な価値がある。

高司家にとって悪くない話だ。もちろん颯天自身にとっても。

先週、彼の父である高司家の主からの指示で、彼にこの縁談話を伝えた。

断るのか、断らないのか。もしかするとこの話を機に、樋口杏香と彼との関係がはっきりするかと思ってはいたが、彼は見合いを断らなかった。

やはり彼女との縁は終わったのだろうかと考えながら、念のために聞いてみた。

「西ノ宮様とは、最初から断るつもりで、会われるわけではないですよね？」

彼女と別れたからといって、彼がおとなしく結婚するとも思えない。

「そんなわけないさ」

彼はフッと笑う。

この手の縁談は断り方を間違えると、ちょっとした事業の失敗以上の損害を被る。それを理解しているにしては、あまりに余裕のある表情に見える。

彼は結婚についてどう思っているのか。具体的に話をしたことはない。

彼の両親は両家とも資産家の名家であるが、政略結婚ではなく、学生時代から付き合い始め、卒業と同時に結婚した恋愛結婚だと坂元は聞いている。

やや横暴さがある主だが、夫人にはとても優しい。

夫人は穏やかな優しい女性で、他所に愛人を囲うなどとは考えられないほど夫婦仲はとてもいい。

そんな愛情溢れる家庭で育っている彼が、愛のない結婚を選択するとは思えないが、坂元には彼の真意がどうしても読めなかった。

今の彼が情熱を持って向き合っているのは仕事だけのように見える。

これまで彼に女性の影がなかったわけではないが、いずれも割り切ったドライな関係だった。何しろ彼は一切口にしないので、愛情を胸の奥に秘めているのか、それともそこまでの関心がないのか全くわからないのだ。

それでも、部屋にまで呼ぶ関係になったのは、樋口杏香ただ一人だけである。それほど特別なのになぜ。まさか、政略結婚のために別れたというのか……

「でもなぁ、坂元」

「はい？」

「相手にも選ぶ権利はあるだろうし、断られたら仕方ないよなぁ」

呑気な調子で颯天はさらりと言った。

「――ええ、まぁ」

不敵な笑みを浮かべる彼は、腹の底で何かを目論んでいるのか？

数々の疑問だけが脳裏に浮かび、坂元はやれやれとため息を吐いた。

＊＊＊

週明けの月曜日。杏香はあんぐりと口を開けた。

「——え？」

身を乗り出し、眉をひそめて覗いているのはパソコンの画面。表示されているのは社内ネットワーク掲示板で、人事異動の告知だ。

「あらまぁ、随分突然の異動ねぇ」

隣の席から由美も独り言のような声を上げた。

営業部の社員が札幌支社に異動になっていた。その社員は志水。第二倉庫で突然杏香に告白をした彼だ。

「何かやらかしたのかしら？　この真冬に北海道なんて大変ねぇ」

緊張した喉がごくりと音を立てる。まさかと思うが、第二倉庫の件が原因？

「課長、志水さん、何かあったんですか？」

思い切って倉井課長にそう聞いた。総務部は人事も扱っているゆえ職務上異動に関しては前もって話がある。少なくとも管理職クラスは知っているはずだ。

「うん。札幌で新規に開発された工業団地関連でね、至急応援が欲しいという話があったみたいだよ」

倉井課長は特に変わった様子も見せず、ごく普通にそう答える。

「そうですか……」

不自然さは否めないような気がするが、先週の事件でいきなり週明けに飛ばされるはずはない。普通に考えれば、だが……

「俺を甘く見るなよ」

颯天の声が脳裏をよぎり、ぞわりと背筋が凍る。仕事人間の彼に限って、公私混同はないとは思うが……

「樋口さん、ちょっといい？」

ふいに総務部長に呼ばれた。

「はい」

呼ばれて行ってみると、総務部長はいつになく満面の笑みを浮かべる。

「高司専務から聞いているとは思うけど、坂元取締役の雑用を頼まれると思うんだ。秘書課も人手不足なのでね、何か頼まれたら最優先で対応してくれるかな」

（えっ？）

何も聞いてはいないが、心当たりはある。先週、専務が杏香に会いに来た用事とはその件だったのかもしれない。専務の雑用なら御免被りたいが、坂元ならばむしろ率先してお手伝いしたいくらいだ。余計な質問をして何か聞かれても藪蛇なので、杏香はペコリと頭を下げた。

「はい。わかりました」

席に戻ろうとすると引きとめられた。

「あ、樋口さん、ちょっと」

「はい？」

「君は、高司専務と、その……何か接点でもあったかな？」

ギョッとして心臓と一緒に飛び上がりそうになった。

「せ……接点？　いえ、特に、心当たりは、ありませんが？」

「そうか」

うーんと、総務部長は考え込む。

そのまま腕を組んで何も言わないこと数分。もしかすると数十秒だったかもしれないが、とても耐えられず、おずおずと聞いてみた。

「あのぉ……何か？」

「あ、いや、何でもない。じゃあ坂元取締役の件よろしく」

「はい――」

今の質問は一体何だったのか。

自分の席に向かう途中、そっと総務部長を振り向いたが、部長はすでに他の社員と話をしている。

部長の聞き方からして、プライベートな関係について疑っているという感じではなかった。

頭を悩ませながら席に戻ると、皆席を外していて、倉井課長だけが席にいる。

これ幸いに杏香は駆け寄った。

「倉井課長」

「はい？」

「私、坂元取締役のお手伝いをするように言われたんですけど……」

「ああ、よろしくお願いします。時間的に厳しくなるようなら言ってください。フォローしますから」

「でも課長、どうしてそうなったんですか？　なぜ私なんですか？」

「うーん。どうしてなんでしょうね。僕も詳しい事はわからないんですけれど。まぁでも、さすが高司専務、樋口さんの優秀さを見抜かれていたのでしょう」

倉井課長はニコニコと頷く。

「専務が指名してきたんですか？　私を？」

「え？　違うんですか？　この前、専務が樋口さんを捜しにいらしていたのは、坂元取締役の頼まれごとでしたよね？」

キョトンとした顔の課長に逆に聞き返されて、ハッとした。

高司専務がここまで来た用事は、坂元取締役に頼まれた備品の件だと言ったのは杏香自身だ。となると今回の話も専務経由で来たと考えるのが普通の流れだろう。

「樋口さん？　どうかしましたか？」

「あ、あはは、すみません。急なご指名にちょっとビックリしちゃって」

これ以上の質問はそれこそ藪蛇である。杏香はすごすごと引き下がった。

「大丈夫ですよ。がんばってくださいね」

「はい……。ありがとうございます」

それにしても、どうして颯天はあのとき、この席まで来たのだろう。

本当に坂元取締役の手伝いという話なら、来る必要はないはずだ。秘書課長を通して部長に言えば済む。わざわざ颯天が乗り出してくるから部長も他の皆も疑問に思うのではないか。

(何やってるんですかもうー)

ブツブツと心の中で文句を言いながら仕事を始めると、ほどなくして坂元取締役から呼び出しの内線があった。

「坂元取締役のところに行ってきます」

立ち上がると由美がにやにやと意味深な笑みを浮かべる。

「課長から聞いたわよ」

どうして私が指名されたんでしょうか。先輩どう思います？　と聞いてみたい衝動に駆られたが、思わぬ返り討ちに遭いそうなのでやめておいた。

「そうなんですよ、びっくりです。秘書課が忙しいらしくて」

「坂元取締役なら優しいからよかったじゃん」

「あ、そういえば先輩は、坂元取締役が社員の頃をご存知なんですよね？」

彼女は入社六年になる。坂元は五年前まで営業にいたと言っていたから知っているはずだ。

「もちろん。営業の坂元さんていえば女性人気ナンバーワンだったもの。優しいし、仕事はできるしで。今は高司専務が人気ナンバーワンだけどねー」

颯天がナンバーワンというのはさておき、坂元がナンバーワンだったというのは大いに頷ける。

物腰が柔らかくて頼もしくて優しくて素敵で、上司としても男性としても素晴らしい人だと思う。

由美に羨ましがられながら、杏香は嬉々として坂元の元へと向かった。

ただひとつ、問題がなくもない。

坂元取締役の執務室は、高司専務の執務室のひとつ手前の部屋であり、壁一枚隔てただけの隣という危険地帯なのである。

エレベーターから降りた杏香は、足早に向かい間髪入れずにノックした。

「はい」

返事を聞いて、ホッと胸を撫で下ろす。部屋にさえ入ってしまえば安心だ。

「樋口です。失礼します」

「ああ、すみませんね」

優しい坂元の笑みが杏香を迎えた。

「改めまして、よろしくお願いします」

「こちらこそ、どうぞよろしくお願いします。では、早速お願いしてもいいでしょうか。どうぞこちらにおかけになってください」

勧められるまま、応接ソファーに腰を下ろす。

「はい。失礼します」

颯天の執務室と比べると部屋はそれほど広くない。

デスクの他に本棚とチェスト。その前にある黒地の応接セットも彼の執務室の革製とは違って布張りであるし角張っていて小ぶりだった。

「ちょっとした資料収集と、その結果をレポートにまとめていただきたいと思いまして」

「はい。わかりました」

坂元の指示は的確でわかりやすかった。

先週渡した方眼のレポート用紙に、大まかなレイアウトとグラフの形や表も書いてくれているので、それに沿って作ればいい。

説明が終わり、資料を一つにまとめて杏香のほうに差し出した彼は、「ところで」と改めて向き直った。

ニコニコと優しい笑みを浮かべながら、坂元は首を傾げる。

「差し支えなければ、お別れなさった理由をお伺いしてもよろしいですか？」

坂元はまた「言いづらいことでしょうし、もちろん無理にとは言いません」とも付け加えた。

突然の質問ではあったが杏香は驚かなかった。実は密かに杏香も聞いてほしいと思っていたのである。

何しろ坂元は、この話ができる唯一の人と言ってもいい。

親友には色々話を聞いてもらっているが、彼女は颯天を知らず何の接点もない。紹介できる相手ではないので、一方的な自分の話を聞いてもらうしかない。かと言って、専務を知る社内の友人に言えるはずもなく。今後も墓場まで持っていくつもりであるが、誰かに聞いてほしかったのだ。

そう、ただ聞いてくれるだけでいいのだ。王様の耳はロバの耳とどこかに向かって吐き出したい。

『お前は俺の女だからいいんだよ』

彼が吐き捨てるように言った言葉が、焼き印のように脳裏に浮かび上がって混乱させる。この状況から一刻も早く抜け出したい。

彼とは別れた、終わったんだと口にすることで、再認識したかった。

「あの、専務はやはり、何も言わないのですか？」

「ええ、まぁ……ああいう方なので」

坂元は言葉を濁す。

「そうですか」

杏香はひとつ細い息を吐く。

まったくもって彼の気持ちはわからない。

そこまで感心がないなら、なぜあんなに怒るのか。もしかしたら、別れていないと思っているのかとも考えたが、でもそれはない。マンションを出たあの日以来、彼は誘ってこないし、メッセージすらないのだ。

それはそれとして、別れを告げた理由を言うならば——

「そもそも……」

杏香は思い出を探った。出会いからこれまでの場面を、一つひとつ思い浮かべる。

心の中で、なぜこうなったのかがストンストンと整理されていく。

「私から誘ったんです」

自分が誘って専務が受け入れてくれて、いつしか彼の部屋にまで行くようになった。彼に何か強要されたわけでもないし、嫌な思いをさせられた覚えは一度もない。

去年のクリスマスの彼の態度に傷ついたが、あれは違う。

気持ちが落ち着いた今なら、なぜあのときあれほど傷ついたのかがわかる。

彼とちゃんと付き合いたいとかそんな気はないと言いながら、自分はどこかで彼の愛情を求めていた。それを見透かされてしまったから傷ついたのだ。

ただケーキを食べようと思っただけならば、彼の言葉に怒ったとしても傷つきはしなかった。最初からわかっていたのに、いつの間にか期待してしまっていた浅はかさを指摘されて動揺した。

隠していた気持ちが彼にわかってしまえば、彼に捨てられる。別れを意識したのは、そう思ったからだった。捨てられる前に自分から別れを切り出せば、多少なりとも傷は浅く済む。

「きっかけを作ったのは私なので、私から身を引きました」

こうして言葉にすると、すべてがその通りで、何の言い訳のしようもないと思った。

原因はすべて自分が作った。

あの日、酔った勢いで彼を誘わなければ、赤い糸はずっと交わらなかった。専務と平社員という接点のない関係のまま、こんな風に悩まずに済んだのだ。

「私と彼とは、いつかお別れしなきゃいけないと最初からわかっていましたし。坂元さんだから言うわけじゃないんですが、彼は何も悪くないんです」

その通り。彼には少しの落ち度もない。

今の彼がどんなに横暴でも、それはまた別の話である。

「最初からわかっていたとは？」

「それは、その――私は平凡な家庭で育った普通のＯＬですし。彼にも最初から真剣に付き合うつもりはないと、釘を刺されていたので」

坂元は時折頷きながら聞いている。

「それで、あなたが別れを告げたとき、彼は何と？」

「『そうか』って、それだけです」

言いながら、あの夜を思い出してちょっと心が痛んだ。

その気持ちをごまかすように、杏香は口角を上げて目を細めながらニッと笑顔を作る。

「あっさりとしたもんですよ」

思わずそんな言葉が漏れた。

責めるつもりはないが、この一年間は、彼にとって何だったのだろう。まるで言われるのを待っていたみたいにあっさりと、たった三文字で終わるとは……

「わかりました」

坂元は音を立てずに両手を合わせて頷いた。

杏香が報告した内容に納得したのかどうなのか、彼は何の感想も漏らさない。坂元は、そうですね、とすら言わなかった。

それでも、言い終えた杏香はホッとしていた。

今の短い話だけで十分、彼をよく知る坂元なら、事の次第を理解できるはず。

釘を刺してから受け入れたのも彼らしいと思うだろうし、ひと言で別れを受け入れたのも彼らしさだと思ったに違いないから。

何はともあれ、坂元に言ったおかげで、自分と彼とはもう終わったんだと再認識できた。その事実は変わらないのだと、沈んだ気持ちで杏香は納得した。

悲しいが、それが現実なのだ。

「すみませんね、あの通り無口な方なので。事情を把握しておきたかったものですから」

坂元は柔らかい笑顔でにっこりと微笑む。

「いえいえ」

「今後、ここに来ていただくときも、彼が不在のときにしますのでご安心ください」

気遣いにうれしくなり、思わず頬が緩む。

「ありがとうございます。そうしていただけると助かります。正直言うと、やっぱり顔を合わせるのは気まずくて……。本当は会社を辞めたほうがいいってわかっているんですが、ここでの仕事が好きなので。すみません」

別れてもこの会社に居続けるとは、何て図々しい女だと思われているかもしれない。颯天に思われるのは仕方がないとして坂元にまでそう思われるのは辛かった。

だが坂元は、身を乗り出すようにして力強く言ってくれた。

「いえいえ、こちらこそ。あなたが辞める必要は全くありませんよ。そんな風におっしゃらないで」

「そう言っていただけるとホッとします。ずっと気がかりで」

「胸を張って仕事をしてください。そのためにも、こうしてあなたに仕事をお願いするんですから。辞めてほしいと思っていたら、声などかけませんよ？」

「ありがとうございます」

本当にありがとうございます、坂元さんと何度も心で続けた。

坂元の気遣いに甘えていいのかどうかは正直わからない。それでもようやく、このままここで働いていてもいいのだと、許されたような気持ちになれた。

その後、総務での仕事に支障はないかとかそんな話になり、ふと第二倉庫での事件が頭を過った。

ついでに聞いてみようかと思った。

もちろん強引にキスされたとは言えないが、それ以外は差し支えないだろう。

「あの……実は」

倉庫で営業の志水に詰め寄られたと、オブラートに包んでそれとなく言った。

「で、何ていうか、その、告白……めいた話になりまして。ちょうど偶然、それを専務に見られてしまって」

「ほぉー」

「それが先週の水曜なんですが、今日の人事異動で突然、志水さんが北海道に転勤になって。まさか、その異動と倉庫での件が関係あったりはしないですよね？」

坂元は首を傾げる。

「どうでしょう。人事に関しては存じ上げませんが」

しまった。言うんじゃなかったと後悔したが、もう遅い。

「で、ですよね。気にしないでください。何かされたわけでもないし、専務もあの場では鬼の形相でしたけど」

あははと笑ってごまかした。

「鬼の形相？」

「いや、その、何か勘違いされたみたいで。私は専務を軽く見ているとか、ましてやバカにするつもりなんてこれっぽっちもないんですけど……」

言えば言うほど、ドツボにはまっていく。

「あ、すみません、そうじゃなくて。真面目な方だから、仕事中に何をしているんだって怒って当然ですよね。ちょっと自意識過剰でした。すみません、忘れてください」

しまいには自分でも何を言っているのかわからなくなり、ひたすら恐縮した。身も縮む思いとはこういう状況を言うのだろう。

「そうですか。そんなことが——ちなみに、杏香さんは志水を？」

それについてはブルブルと手と顔を左右に振って、全力で否定した。

「とんでもないですっ！　私はもう二度と社内恋愛はしないと決めていますし、志水さんに限らず、絶対にありえませんっ！」

あまりに必死の様子に、坂元は破顔する。

「いいじゃないですか。そう気にしないで、ご自由になさっていいんですよ。すみませんね、うちの御曹司が我儘なばっかりに」

「いえ、こちらこそ、すみません……」

坂元の部屋を出た杏香は、やれやれとため息を吐きチラリと隣の部屋の入り口に目を遣った。

(我儘な御曹司。ほんとですよ。もうこれ以上振り回さないでくださいね)

扉の奥にいるだろう颯天をキッと睨みつけ、踵を返した。

＊＊＊

杏香が部屋を出て行くのを見送った坂元は、一人納得していた。

(なるほど)

実は今朝、営業部長が来て坂元にボヤいたのだ。

「志水、何かやらかしたんですかね。今回の異動の話は専務からの推薦だと言うと、あいつ無言で項垂(うなだ)れていましてね。身に覚えがあるのかって聞いても、何も言わないんですが」

営業の志水は優秀な社員だと、坂元は記憶している。坂元が営業を辞める頃、志水は新人ながら既に頭角を現していた。

「志水の異動はちょっと想定外だったので、まいりましたよ」

聞けば、営業で転勤を考えていたのは別の社員だったという。実家が札幌にあるという社員で本人も異動を希望していたらしい。急な異動でもあるので、その社員にと意見は一致していたという。

それなのに、第一候補者が妻帯者であるのを理由に「志水は？　彼なら独身で身軽だし、新規開拓に向けても大きなテコ入れになるのでは？」と、ほぼ決まっていた人事異動を覆したのは彼、高司専務だというのだ。

そこに異論を言い出せる雰囲気もなく、彼の鶴のひと声であっさり決まったらしい。

専務取締役として彼は、よほど問題でもない限り人事には口を出さないと明言している。

その証拠に、彼自身が号令をかけたプロジェクトチームのメンバー選出にしてもそうだった。現場の意見を尊重するというスタンスは変えていないはずだし、彼の意見で人事を覆したという話は聞いた記憶がない。

恐らく、今回が初めての事例だろう。

札幌の仕事が重要なのには違いないので、志水が本当に優秀なら、腐らず成果を出して戻されるだろうが。

さて、どういう風の吹き回しなのか？

窓辺に立ち、しばし考えに耽っているとスマートフォンが揺れた。

着信元は彼の主、颯天の父だ。

「はい。坂元です」

『イチカの件だが、いざとなれば、わかってるな』

「はい。承知しました」

イチカの件とはイチカ食品の令嬢と颯天との見合いの話だ。

電話を切った坂元は、深いため息を吐く。

＊＊＊

自分の席に戻った杏香は、にんまりと頬を緩める。

（あー、よかった）

今後坂元のところに行っても、颯天と顔を合わせずに済む。

さあ仕事仕事と気合を入れ直し、手持ちの仕事の整理にかかる。坂元の仕事を始める前に、ひと仕事終わらせなければいけない。営業部へ持っていく稟議書や備品がある。まずはそれらを持って、杏香は営業部へと向かった。

異動の件も気になるが、志水にちゃんと謝ってほしかった。倉庫での事件以降、彼は何も言ってこない。怖い思いをしたのだ。せめてひと言でいい、口頭で無理なら社内メールでもいいから、あの後、すぐに謝りの言葉くらいあってしかるべきだと思う。

そして何より倉庫の件と北海道行きは関係ないという確証が欲しい。自分が安心するためにも、志水の口から安心できる理由が聞きたかった。そうでなければ、怖すぎる。

ところが営業部に、彼の姿は見当たらなかった。

「志水さんはお出かけですか？」

「ええ、後任の担当者と一緒に取引先を回ってます」

「そうですか」

出直そうかと思ったが、戻りは遅いという。

「急な異動なので、日中はずっと外回りになると思います。何か伝えておきますか？」

「いえいえ、大丈夫です」

言付けするとか社内メールで呼びかければ連絡はつくだろうが、そこまでする気にはなれない。仕方がないとあきらめ、用事を済ませて営業部を後にした。

もし、今回の異動が颯天の怒りと関係あったとして――杏香が颯天に志水の異動を撤回してほしいと頼んだところで、はいそうですかと聞いてくれるとは思えない。

彼のことだ。だったらお前も一緒に札幌へ行けとか、そんな下衆な理由で人事に口を出すとでも思ったかと、激怒される構図しか浮かばなかった。

うーんと唸りながら廊下を歩いていると、海外事業部の男性社員が声をかけてきた。

「あ、樋口さん」

「はい？」

「今度さ、うちうちで忘年会やるんだけど、樋口さんもどう？」

鬼のように睨む颯天を思いだし、背筋がゾッとした。

「ご、ごめんなさい。飲み会はパスです！」

「えっ、即答？」

まだ何か話したそうな男性社員を残し、スッと頭を下げて杏香はスタスタと急ぎ足で歩く。

もう、誰も私に話しかけないでっ！　インドとかアフリカに飛ばされちゃったらどうするのっ！

心で訴えながら周りを見回したが大丈夫、颯天の姿はどこにもない。

大急ぎでエレベーターに乗って、ふと思う。

このままでは自分は二度と恋愛はできないんじゃないか。颯天と別れたのだって、ちゃんと結婚できる相手と付き合いたいから、早く次の恋をしたいのに。

そう考えて、ふと思った。社内だから彼は怒ったのかもしれない。

（そうよ。きっとそうだ）

勢いのあまりお前は俺の女などと口走ったが、それは俺の縄張りで他の男とイチャつくなという意味に違いない。だとすれば、恋の相手は他で探せばいい。

例えばと考えて、先週末の本屋での出来事を思い出した。

情報処理関係の本が並ぶコーナーで、書類作成のハウツー本を見ていたときだ。近くで同じように雑誌を見ている男性がいた。

男性は鞄を置き忘れてレジに向かったので、慌てて杏香が鞄を持って追いかけた。

「あの……このバッグ、お忘れではないですか？」

「あっ、そうです。すみません、ありがとうございます」

黒縁の眼鏡をかけていて、ほんの少し寝ぐせがあって、とっても真面目そうなその人は、恥ずかしそうに何度も何度も頭を下げて礼を言った。

特に何があったわけではない。置き忘れた鞄を渡してあげただけだ。

でも、出会いやきっかけは、こんな風にどこにでも転がっている。失恋したばかりの今はまだ新しい恋をする気持ちにはなれないけれど、この傷が癒えたなら、新しい出会いに胸ときめかせ恋の種を拾えるだろう。

（そもそも、私の好みは倉井課長のようにどこか野暮ったい人なのよね）

成り行きでああなってしまったが、颯天は杏香の好みとはかけ離れている。目立つし俺様だし、見た目もイケメン過ぎる。彼と一緒にいてもドキドキするばかりで少しも安らげない。

（結局、出会いからして間違っていたんだなぁ、私たち）

杏香はしみじみとそう思った。


またどこかで会えないかな、あの野暮ったい人。そう思ったわけではないが、偶然は意外にも重なるものである。

図書館に行ったある日の週末、杏香は再び彼に遭遇したのだ。

「あっ」

本屋で見かけたときと同じ黒縁の眼鏡をかけた彼は、相変わらず同じところに寝癖が跳ねていて、トレードマークのような大きな黒い鞄を持っていた。

立ち止まった杏香を何気なく振り返った彼は、すぐに気づいたらしい。ちょっと照れたように笑った。

「ああ。先日はありがとうございました」

「いいえ。どういたしまして」

声を潜めて挨拶を交わしたが、ここは図書館だ。「では」と軽く頭を下げて、杏香は目的の小説が並ぶコーナーに向かった。

これもまた新しい出会いである。今はそれだけでいい。そんな偶然が起きただけで未来に希望が見えた気がしたし、十分幸せな気持ちになれた。

今までも気づかなかっただけで、もしかしたらこれまでもすれ違ったり、未来に結ばれる誰かと、この図書館で居合わせたかもしれない。

これからもこんな風に新しい縁ができて、いつかそのうち一生を共に過ごしたい人と巡り合えるだろう。

そう思うと、少しうれしかった。

何冊か本を借りて図書館を出た杏香は、すぐ近くの公園のベンチに腰を下ろした。

冬とはいえ日差しは暖かく、空気は澄んでいて気持ちいい。

さて、これからどうしようかなと考えた。

まっすぐ家に帰って本を読むのもいいけれど、せっかく出かけて来たのだからそれじゃつまらない。かといって、このベンチで本を読むには、時折吹く風が冷たすぎる。

どこか静かなカフェに行って、ケーキでも食べながらのんびり本を読もうか。近くにお一人様向きの落ち着く店はないかなぁと、思いながらスマートフォンに目を落としたとき、「あの」と声を掛けられた。

振り返ると、図書館で会ったばかりの彼がいた。

「あっ……」

「よろしかったら、先日のお礼にお茶でも御馳走させていただけませんか?」

彼はちょっと照れた笑みを浮かべて、申し訳なさそうにそう言った。

杏香が返事をする前に、彼は慌てて「あ、ちょっと待ってくださいね」と鞄の中をがさごそ探し始めた。「あった」とホッとしたように差し出したのは名刺だった。

そこには有名国立大学の大学名と加島誠一郎（かしませいいちろう）という名前が記されている。

「僕は大学で助教をしております」

(やっぱり、学者さんだったんだ)

近くで見ると、黒縁の眼鏡の奥の瞳はとても綺麗で優しげだ。シャツの上にセーターを着て、茶系のジャケットを羽織っているそのコーディネートはおしゃれではないけれど、清潔感がある。

少し迷ったが、夜ならいざ知らず昼間だ。しかも徒歩である。危険は見当たらない。

杏香は思い切ってお茶の誘いを受けた。

「ありがとうございます。ではお言葉に甘えて」

加島はホッとしたように頬を緩め、照れ臭さをごまかすように眼鏡の位置を直す。

「よかった。こんな風に女性に声をかけるのは初めてなので」

「私も、知らない男性の誘いに乗るのは初めてです」

お互いにクスッと笑う。

年齢は三十代後半だろうかと見極めた。指輪はしていないので独身かもしれない。

名刺は杏香も普段から財布に数枚入れてある。一瞬渡そうかと迷ったが、出さずに名前だけを名乗ろうと決めた。志水の件もある。誠実そうに見えるが、彼の本性まではわからないから。

「私は樋口と言います。普通の会社員です」

「そうですか」

加島の穏やかな微笑みは、相手の緊張を和らげる。きっと学生に愛されている先生だろう。女子学生にからかわれている様子が目に浮かぶようだと、杏香は思う。

今日は天気がいいですねとか、あの図書館にはよく行くのですかとか、他愛もない世間話をしながら、彼は一体どんな店を選ぶのかと興味津々で付いていく。

おしゃれなコーヒー専門店、可愛らしいカフェ、路地裏の渋い喫茶店。それらを通り過ぎ、先に進んで加島が選んだのは、通りからもよく見える、大人な雰囲気の、それでいて明るいホテルのラウンジだった。

「あそこでどうでしょう？」

「はい。そうしましょう」

一歩入ったそのラウンジは天井が高く、全面ガラス張りの開放的な空間が広がっている。

「素敵なお店ですね」

店内には穏やかなクラシックが流れていた。

案内されたのは外が良く見える通り沿いの席で、加島が頼んだのはコーヒーとレアチーズケーキ。杏香はカフェラテと、今の気分を代弁するかのような色とりどりのベリーがたっぷりと乗っている華やいだタルトを頼んだ。

こうして見知らぬ男性とお茶を楽しむなんて、考えてみれば初めての経験だ。

何の経験もないまま颯天と付き合い、彼以外の男性とはデートすらしたことがなかった。それを思えば大きな進歩である。

ケーキ皿が空になった頃には、また会いたいな、なんて思っているかもしれない。

恋までいかなくていい。友人で。

そんなわくわくとした楽しい時間を予感させる胸のときめきに頬が緩んだとき、ふと背中から視線を感じた。

気のせい？　と思いつつも振り返ると――

（えっ……えええ！　どうして……）

そこには、いるはずのない颯天の姿があった。

第三章　悪魔の嫌がらせ

「嘘でしょ」

驚きのあまり、思わず声が出てしまった。

どうして、よりによってなぜここに、颯天がいるのか。

「……お知り合いですか？」

「あ……え、ええ。職場の……」

思わず笑顔が引きつってしまう。

「あの、何かマズイですか？　大丈夫ですか？」

加島が心配そうに聞いてくるのも無理はない。颯天は睨みつけるようにじっと、杏香と加島を見ているのだ。

くるりと彼に背を向けて、気持ちを落ち着けようと水を飲んだが、驚愕と恐怖のあまり喉が緊張していたらしい。ゴホゴホとむせてしまった。

「大丈夫ですか？」

「は、はい。ゴホッ……すみません」

颯天の向かいの席には女性がいた。女性は背中を向けていたので顔はわからないが、雰囲気から察するに若い女性のようだ。

恋人なのだろうか。でも、秘書課の光葉ではないようだ。女性の髪は光葉よりも短い。

(どうでもいいけど、どうしてこっちをガン見するの？)

その後も相変わらずヒシヒシと、痛いほどの視線を背中に感じて仕方がなかった。

寒気が走り、左腕を右手でさする。

「——あの、気にしないでくださいね。失礼な人なんです」

「そうですか、それならいいんですけど、鬼気迫る感じなので……」

鬼気迫る。まさにそんな感じである。

せっかく見えたはずの明るい未来が、一瞬でどす黒い雲に覆われた気分だ。今振り返ると、彼の背中に大きな黒い悪魔の翼が見えるに違いない。

そもそも、自分だってカップルでいるのにどうしてこちらを睨んでくるのか。

こういうときはお互いに見て見ぬふりをするのが普通でしょうと言いたいが、倉庫の件もある。考えたところで彼の頭の中はさっぱりわからない。杏香はひとまず思考を停止した。

間もなく届いたタルトには艶めくベリーがたっぷり乗っていて、とても綺麗なフォルムをしている。にっこりと笑みを浮かべ、早速フォークを伸ばした。

「とってもおいしいタルトです。そちらはどうですか？」

そうは言ったが嘘だ。味わう余裕なんて全くない。味覚も動揺しているのか、ラズベリーの酸味もタルト生地の甘さもわからない。

加島も同じ心境なのだろう。チーズケーキを口にして「ええ」と頷くも、表情は困惑を隠しきれておらず、とてもケーキを楽しんでいるようには見えなかった。

それでも、なんとか他愛もない世間話をしながらタルトを口に運んでいたが……

先に音を上げたのは加島の方だった。

颯天に背中を向けていた杏香と違って、直接颯天が見える席にいる加島は、気にせずにはいられないのだろう。針のむしろにでも座っているように、表情が見るみる強張っていくのが杏香の目にも明らかだった。

「じゃあ、そろそろ」

「ええ――そうですね……」

異論を唱えようもない。居ても立っても居られない気分なのは杏香も同じだ。背中が異様に緊張して、とにかくへとへとに疲れた。一刻も早くこの場から離れたい。

俯（うつむ）きがちに席を立ちレジに向かうと、視界の隅で、颯天がこっちに向かって歩いてくるのが見える。

（ひ、ひぇー……）

心で悲鳴を上げた。なぜ来る？

「杏香、ちょっといいか」

なぜ名前を呼び捨てる？　どうして呼び止めるのよっ！

そんな杏香の心の叫びは虚しく宙に舞い、会計を済ませた加島は「では、僕はこれで」とそそくさと行ってしまう。

「あ、ご、ごちそうさまでした」

加島の背中に声をかけるが、彼は微かに振り向いただけで逃げるように去っていく。

さあ、問題はこれからだ。公衆の面前で倉庫の二の舞はないと思うが、油断はできない。

「な、何ですか？」

言いながら颯天が座っていた席を見ると、連れの女性がこっちを見ている。その目はもちろん、それこそ鬼気迫る感じで、慌てて目を逸らす。

ああもう……と泣きたくなる。

「彼女がお前との仲を疑うんだ。ちょっと説明してやってくれないか」

「——は？　何を言ってるんです？」

意味がわからない。

「お前が怒ると、ますます怪しまれるんだよな」

（私があなたとは関係ないと、宣言しろと？　自分で勝手にガン見していたくせに？）

この男、とことんクズだと愕然とする杏香に向かって、颯天は事もなげに言う。

「あいつ、イチカ食品の社長令嬢で、今うちはイチカ食品と取引できるかどうかの瀬戸際なんだ。お前も誤解されたまま、取引中止の原因にされたら困るだろ？」

これはもはや脅迫だ。

知らんこっちゃない、勝手に困りやがれだが、イチカ食品といえば一部上場の大企業である。そことの取引が掛かっていると言われては、社員として無視できない。

言いたいことは山のようにあるが、それらをすべて飲み込み、目を瞑った杏香は大きく息を吸った。

いっそ、ここで一発殴ってやったらどれほどすっきりするだろう？　グーで思い切り！

でも、杏香にだって意地がある。そう易々と挑発に乗り、負け犬になるわけにはいかないと言い聞かせる。

ふぅーっと大きく息を吐き、目を開けた杏香は満面の笑みを浮かべた。

「わかりました。無関係であると、正直に言えばいいんですね？」

「ああ」

この男の椅子の足が一瞬で砂に変わりますように。隕石が脳天を直撃しますように！

心の中でそう唱えつつ、憤懣やるせない思いを抱えながら杏香は颯天の後について行った。

彼が椅子を引き、促されるまま隣の席に腰を下ろす。

イチカ食品の令嬢は不愉快だという気持ちを隠そうともせず杏香を睨む。

不本意ながら、それも当然だと思う。自分の恋人が他の女に気を取られていたら、それはまあ怒りもするし睨みたくもなるだろう。むしろ同情すら覚えた。

「それで？」と彼女は聞くが、いきなりここで何をどう言うべきなのか……迷いつつ颯天を振り返ると、彼はふいに杏香を抱き寄せた。

「もういいぞ、先にマンションに帰ってろ」

そう言って杏香の頬にキスをする。

（――は？）

ギョッとして颯天を見ると、彼は、今度は唇にキスをする。

「心配して様子を見に来たんだろ？　大丈夫。いい子だから、先に帰って。おとなしく待っていろ」

颯天はマンションの鍵を、これ見よがしに杏香の手に握らせた。

「今夜はビーフシチューがいいな」

そして三度目のキスをする。

四度目のキスが襲ってくる前に、意味もわからず席を立った。

腰が抜けたかと思ったがちゃんと立つことが出来た。

零れ落ちるんじゃないかというほど目を見開いて驚愕しているイチカ食品の令嬢にペコリと頭を下げて、杏香は逃げるように店から出た。


――一体今、何が起こったの？

いっそ夢であってほしいと願いながら、杏香はひたすら小走りに足を進め、ついには全力で走って、目についた百貨店の中に飛び込んだ。

「ハァハァ」

入るなり立ち止まって、肩を揺らしながら大きく息を吐く。

慌ててバッグに手をかけたが——ハッとしたように、がっくりと項垂れた。

「あー、もう。ダメじゃん……」

颯天に抗議のメッセージを送ろうとして、連絡先もＳＮＳも削除したままだと思い出したのだった。

ふと、きつく握りしめた手が目に留まった。

一本ずつ指を開くと、黒い革のキーホルダーがついた鍵が顔を出す。

見慣れた鍵は本物の彼の部屋の鍵だ。杏香が預かっていた合鍵の方じゃなく、彼が持っているメインの鍵。靴べらにもなる革のキーホルダーは杏香が彼の誕生日にプレゼントした。使ってくれていたのかと、驚きと切なさが同時に込み上げる。そんな場合じゃないのに。

この鍵がなくちゃ、颯天が部屋に入れない。

「ビーフシチューって、何よ……」

せっかく明るい未来を思わせた出会いがあったというのに、余計なことばかり起きる。

イチカの令嬢と別れたくて杏香を利用したとしても、どうしてあんなことをしたのか。彼女は本気で怒るに違いないし、仕事に影響があるだろうに。

何もかもが台無しだ。

しばらく呆然と鍵を見つめ、バッグの中にしまい込み、あきらめの重いため息を吐いて、百貨店の中を歩き始めた。

バッグや小物や靴。何ひとつ目に入らないが、それでもふらふらと彷徨うように店内を歩く。

心が半分ポッキリと手折られたようで、力が入らない。

（どうしてキスするの？）

折った心を、彼はクルクルと指先で弄ぶ。

さっきのキスは甘い蜜なのか、残酷な鞭なのか、それすらもわからなくなってくる。

『大丈夫。いい子だから、先に帰って』

とっても優しい声だった――甘いキスだった……

杏香ごめんな、こんな思いをさせてごめん、俺はこの女と結婚なんかするつもりはないんだ、お前がいるのにありえないだろう？　……まるでそんな風に謝られているかのようだった。

自分は本当に彼が心配でラウンジに行ったような気さえする。

イチカの令嬢とは結婚しないんでしょ？

わかった。いい子にしている……いい子にしているわ……

もしかしたら。そうしていたら本当に、唯一無二の恋人にしてくれるの？　私を妻にしてくれる？　私だけ愛してるって言ってくれるの？

夢遊病者のように想いに浸り、いつの間にか杏香の足は地下の食品売り場に向いていて、気がつけば、精肉店のショーケースの前に立っていた。

『ビーフシチューがいいな』

ひと月前も、こうしてショーケースの中のお肉を見つめた。

ビーフシチューは、さよならの味……。そう思ってハッとした。

（こらっ、流されてどうするの！）

あの男には、他にも青井光葉という完璧な女性だっているではないか。妻の座なんてとんでもない、流されて辿り着く先は、愛人の席しかない。

危ない危ないと身震いする。

（とにかく、私には事情を聞く権利があるわ。ビーフシチューでも何でも作ってやろうじゃないの）

心の半分は持っていかれたかもしれないが、まだ残っている半分でしっかりと決心した。

とにかく行くしかない。悪魔の巣窟に。

預かった鍵を差し込みカチャッと音を立て、恐る恐るマンションの玄関扉を開ける。

靴はないので、彼はまだ帰っていないようだ。

ひとまずホッとして、「失礼します」と、儀礼的に声をかけながら、杏香は玄関に入った。

空間を贅沢に使っている玄関のたたきには猫足のスツールがひとつ。ブーツを脱いだり履いたりするのに便利なのよねと、ちょっと懐かしく思いながら、スツールが置いてる方とは反対側の端に、脱いだ靴を揃える。

勝手知ったる他人の家、下駄箱からふかふかのスリッパを取り出して、廊下の壁に飾られている絵は変わっていないと見届けながら奥へと進み、突き当りの扉を開けた。

入って左にダイニングキッチン。右はリビングで、その奥は寝室へと続く。ゆったり広々とした間取りの部屋には、モデルルームのように洗練された家具が鎮座している。

何もかも杏香のよく知る彼のマンションそのままで、ひとつとして変わっていなかった。

ダイニングの椅子に荷物を置き、コートをハンガーラックに掛け、振り返って見渡しながらふと思う。

何となく、人のぬくもりのようなものがないような気がする。

もとから閑散とした雰囲気の部屋ではあったが、それでも以前はもう少し、人が生活しているという空気のようなものがあったはず。

でも、今のこの部屋にはそれがない。

彼はホテル暮らしに戻ったのか、いずれにしろここに住んではいないのかもしれないと思った。

奥へと進んで、開け放たれている寝室の入口に立ってみる。

リビングとは違って仄暗いせいなのか、大きなベッドはまるで頑なに沈黙を守っているように見えた。

そっとベッドに手を伸ばす。皺ひとつなく整えられたシーツからは、ほんの少しだけ彼の香りを感じたけれど、杏香がひっそりと残したはずの熱のようなものは、影も跡形も見当たらない。

最後にこの部屋を訪れたあの日まで、週に二度くらいは来て、時々泊まっていたのだ。その頃の寝室は今と同じように整えられていても、どこかに甘い何かが残っていた……

形として見えるものではなかったけれど、枕の端とかナイトテーブルの中とかに確かに存在していたはずだった。

でももう、何もない。

お前なんか忘れたよとベッドが言うはずもないが、もう何も残っていないのだと見せつけられた気がして、無性に切なくなってくる。

目を閉じて左右に首を振った杏香は寝室に背を向けた。

見ちゃいけない。考えちゃいけない。やっぱり来なければよかったと思いながらダイニングに戻り、椅子に腰を下ろすと途端に力が抜けた。

「はぁー」

テーブルに突っ伏すと、ふと部屋が暖かいことに気づく。

日当たりがいいので日中は冬でも暖かい部屋だが、それだけではないようだ。多分彼がスマートフォンを通して暖房を遠隔操作したのだろう。

(――ということは)

杏香はここに来るまでずっと考えていた。彼は来るのか来ないのか、どっちなのだろうと。

鍵はひとつではない。もしかしたら、合鍵も持ち歩いているかもしれないし、冷静になればなるほど、来ない可能性のほうが高いように思えた。

何か理由があって、偶然を利用しただけかもしれないと。

でも、彼は暖房をつけた。

ビーフシチューを食べに、ここに来るのだ。

「じゃあ……作りますか」

料理をして、一緒に食事をして。ちゃんと話をしなければ。

惑わせるのは止めてくださいと言わなきゃいけない。

(ちゃんと私たちの未来を語ってくださいよ、専務。嘘でもいいから結婚しようって……)

思うだけで苦笑が漏れた。

好きだとさえ言ったことがない彼が、結婚などと口にするはずもないのだ。

気を取り直し、広いキッチンの一番端の真ん中の引き出しを開けると、いつも杏香が使っていたエプロンが一枚、綺麗にプレスされたまま入っていた。

ここはもともと空いていた引き出しで、いつも何枚かエプロンを入れていた。使ったものは持ち帰ってローテーションして使っていたけれど、そのまま置き忘れてしまっていた。

後で思い出し、きっと捨てられていると思っていたが彼は気づかなかったのか。何にせよキッチンは自分を覚えていてくれたように感じてうれしかった。

ちょうどいい。――今日使ってそのまま持ち帰ろう。

さて、ビーフシチューだ。

最後の晩餐だったあの日は時間がなかったので圧力鍋を使ったが、今日は時間に余裕があるので低温調理モードで煮込む。

下ごしらえをして煮込みは鍋に任せ、椅子に座ってダイニングテーブルに頬杖をつき、瞼を閉じた。

精神的にも肉体的にも、疲れていたらしい。

やがて杏香は、穏やかな眠りへと落ちていった。

＊＊＊

颯天は合鍵を使い、玄関の鍵を開ける。

杏香が来ない可能性もあったため、一旦実家に帰ったついでに合鍵を持ってきていた。

マンションに帰るのは一週間ぶりだ。といっても一週間前のその日もほんの少しいただけで実家に帰ったが……

もし杏香がいなければまた実家に戻るつもりでいたが、玄関の扉を開けてすぐ、デミグラスソースの匂いが鼻腔をくすぐった。

茶色のショートブーツが綺麗に並べてある。真ん中に置けばいいものを、置いてあるのは目一杯端の方でクスッと笑う。

今日の杏香は、ふんわりとしたアイボリーのセーターにジーンズを履いていた。髪を短くしていたせいか、見慣れない私服のせいか、随分雰囲気が違って見えた。

ラウンジで見かけた杏香を思い浮かべながら廊下を進んでも、以前は必ず聞こえたはずの「おかえりなさい」の声はない。

出迎えがない理由は、ダイニングテーブルを振り返ってわかった。

杏香はスヤスヤと眠っている。

起こさないようにそっと、ケーキの入った箱とワインを置き、颯天は向かいの席に腰を下ろした。

しばらく寝顔を見つめ、寝るには少し寒いかと思い、着ていたダウンジャケットを脱いで杏香に掛ける。

杏香はムニャムニャ言うものの、起きる気配を見せない。腕時計を見れば夕方の六時半。別に起こす必要もない、そのうち起きるだろうと、コーヒーを飲みながら待つことにした。

お湯を沸かしている間に手動のミルで静かに豆を挽き、コーヒーメーカーを使わずにコーヒーを落とす。

自分で淹れるときはいつもそうしていた。強いこだわりがあるわけじゃないが、手間をかける時間がいい気晴らしになる。

起きたら杏香にも淹れてやろうと思いながら、心の中で問いかけた。

(なぁ杏香、あの女、あの後なんて言ったと思う?)

「私は別にかまわないわ。あなたに愛人が何人いようと、そういうことに理解はあるの」

(――だそうだ。面倒だから、あの女がクラブで乱痴気騒ぎをしている事実を問い詰めたよ)

「何の話かしら、あなたが遊んでいる噂なら知っているけど」

(だから、証拠の画像を見せてやった)

「俺の遊びはたかが知れてるし、それも大昔の話だ。でも、お前は違う。契約欲しさに俺がそんなリスクを背負いこむとでも思ったか? でも安心しろ、うちの親も知らないし、お前の親に言うつもりもない。もちろん他の誰にも言わない。その代わり、お前からちゃんと断れよ。そうしてもらわないとこの事実を言わざるを得なくなる。わかるよな?」

肝が据わっているのか、それとも絶句して固まっていたのか。西ノ宮篤子は眉ひとつ歪めなかったが、重ねて念を押した。

『それから、うちとの取引がこの件でダメになったりしないように。忘れるなよ』

篤子は、表向きは楚々とした令嬢だが、真逆の裏の顔を持つ。

それはごく限られた一部の者だけが知っていて、恐らく彼女の両親も気づいていない。颯天自身は遊んでいる彼女を直接見たわけではないが、その道に詳しい友人がいて情報は得ていた。

今回の見合いを承諾したのも、いざとなれば彼女の素行をネタに断れればいいと思ったからだ。事あるごとに娘の縁談をチラつかせてくる西ノ宮社長のやり方にはいい加減うんざりしていたし、そろそろ決着をつける必要があると思ったので会っただけである。

西ノ宮篤子は、颯天が彼女の裏の顔を知っているとは夢にも思わなかったのだろう。

彼女は遊ぶにあたって細心の注意を払っていた。VIPルームではいつだって顔がわからないようにレースのアイマスクをかけているし、お互いにバレたら困る仲間内だけで遊んでいるからだ。

でも深い快楽に心身を委ねたとき、警戒心はアイマスクと共に消えると彼女は忘れていたのだろう。

「で、さっきの子は何?　あなたの恋人?」

すべてをあきらめたように深いため息を吐いた後、篤子はそう聞いた。

「彼女は俺の優秀な秘書だ」

颯天はそう答えた。

正確には秘書になる予定だが。

「そう。じゃああなたがセクハラで訴えられるのを願っているわ」

篤子は皮肉な笑みを浮かべ席を立った。

思い出しながらフッと鼻で笑った颯天は、手を伸ばして、杏香の目元にかかる髪をそっとよけた。

(まさか、あの場にお前が来るとはな)

この前の第二倉庫といい、ちょうどいいときに出くわすのはなぜだと思う?

なぁ、杏香……そう心で問いかけた。

(偶然なんて言葉は、しらばっくれるためにある言葉だって知ってるか?)

起きるべくして起きる、必然だ。運命なんてものは信じるわけじゃないが、それだけ強い縁で繋がってる証拠であると、颯天はニヤリと口元を歪める。


杏香が加島にお茶でもと誘われていたとき、颯天はちょうど堅苦しいお茶会の席から立ったところだった。

西ノ宮篤子と共に下りたラウンジ。最初から断るつもりでいた縁談に貴重な時間を割くつもりは毛頭ない。頃合いを見計らって早々に引き上げるつもりでいたところに、時間と空間の悪戯にすくわれた杏香が現れたのである。

杏香が一緒にいたのは、颯天が知らない男だった。

風貌から察するに、どこかの研究者か学者。いかにも杏香が好きそうな、真面目そうな男。杏香の失恋の相手、総務課の課長――倉井とタイプが似ていた。

だがどんなにおとなしそうでも、男なんぞひと皮むけば頭の中は一緒だ。どんな目でお前を見ているか、純情な杏香にはわからないのだろうと思いながら、颯天は二人を見ていた。

いずれにしろ、二人が現れたことが引きがねとなった。

杏香から男を引き離し、杏香をこのマンションに呼ぶ。その二つを同時に成し遂げる方法を、あの場で思いついたのだ。

真面目そうに見えるあの男も、これでお前をあきらめただろうよ、と思いながら杏香を見下ろす。

(それにしても、あの男は何だ？　どこで知り合った？　事と次第によっちゃ、あの男が誰かつきとめて釘を刺さなきゃいけないが、どうなんだ？　なぁ杏香、何度も言わせるなよ。俺が許すと思ったか？)

＊＊＊

(どうして、こうなるの)

自宅のお風呂場で、曇った鏡に映る自分の体に杏香は驚愕していた。

胸や首筋。あらゆるところにつけられた赤い痕に絶望し、頭を抱える。

ビーフシチューを食べたことは覚えている。ケーキも食べた。彼が買ってきたケーキだった。

それは二種類のチョコレートケーキで、片方はブラックベリーとチョコレートのムースにサンドされたブリュレやらが何層にもなっている甘酸っぱいケーキ。もうひとつは表面がチョコレートの光沢で輝いていたほろ苦いビターチョコのケーキ。どちらもエレガントで小さくて、既に昼間ケーキを食べているのにという罪悪感を忘れさせるような、それはそれは魅力的なフォルムだった。

彼はビターチョコレートの方をほんのひとすくい食べただけで、残りを杏香にくれた。両方とも悶絶するほどおいしくてひとしきり「おいしい!」と唸ったのも覚えている。

彼のマンションに着いたのは午後の三時頃だったはず。でも不覚にも寝てしまって、彼に起こされたときはもう、窓の外が暗くなっていた。

おかげで調子が狂ってしまったのだ。

「とりあえず食べよう。話はそれからだ」

彼にそう言われて食事の用意をして席に着いたとき、ふと坂元の話を思い出した。

最近彼は食が進まないらしい。その後どうなのか、改めて彼を探るように見てみると、確かにちょっと頬の辺りが痩せて見える。

途端に心配になり、胸がざわついた。

どんな状況でも、食事はおいしくいただこうというのが杏香の信条である。言いたいことはたくさんあったけれど、まずはおいしく、そしてひと口でも多く彼に食べてほしい——心の中でそう願った。

「ちょっとでいいから、付き合え」

彼がグラスに注いだワインは、ほんのりと甘くてとてもおいしかった。

でも、彼には甘すぎたらしい。一口だけで「甘いな」とグラスを置き、彼は別のワインを開けた。

捨てられてしまうのが勿体ないやらで、ついつい飲んでしまったのだ。

嘘みたいにおいしくて「無理しなくていいんだぞ」と彼が言ったにもかかわらず、何杯も飲んでしまった……

「明日は休みだろう？　別に襲ったりしないから安心しろよ」

ふらふらになりながら「そんなことわかってますっ！」とか「やっぱり帰る！」とか騒いで、宥められて。

一人じゃ心配だからと一緒にバスルームに行って、泡風呂にしてはしゃいで、体を洗ってもらっているうちに、ついつい甘えて……

「やめてっ、くすぐったい」

後ろから抱き抱えるような体勢になり、体を預けて——

「こら、暴れるな」

くすくす笑う彼が耳を舐めるようなキスをした。

「あっ……」

快楽のスイッチを押されて、電流のように走り抜けた甘い刺激に体をよじらせて、掬うように胸を掴まれ、揉みしだかれながら首筋にキスを繰り返され、胸の先を転がされ……

「キ、キライ、専務なんか——キライです……あっ……んん……」

「そうかそうか」

くすくす笑いながら彼は腰を打ちつけた。

絶対に狂わされたりしない。

必死に耐え、手で口を抑えたが、漏れる喘ぎを止められなかった。

「はっ……あ、——うっ」

しまいには、嫌と言いながらしがみついて。

「杏香、ほら、キスはしないのか？」

キスに応え、挙げ句の果てには「もっと」とせがんで。

「嫌いなんだろ？」とからかわれ、もう少し、あとほんの少しというところで、指先の動きやを止められる。

「どうする？　今日はイカなくてもいいのか？」

焦らされながら、狂ったように「好き、好きだから」と言わされた。

「ごめんなさい。ごめんなさい」と　謝って。

ようやく与えられた絶頂に泣く杏香を、彼は強く抱きしめて……。また、何度も快楽を与えられるうち、羞恥心は泡となって消えた——

それから先はもう、ずぶずぶのドロドロだ。もっと触ってとばかりに脚を広げて、颯天の指を中に受け入れた。

「ここか？」と聞かれ、こくこくと頷いて、甘えるようにねだった。

「杏香、あの男は誰なんだ？」

甘いキスの合間に彼は聞いてきた。

「あの人は……図書館で会った人で……」

「誘われたのか？」

「ち、違う、の……鞄を届けた、お礼に……」

ペシペシと彼の胸を叩いた。

普段は不愛想で怖い彼も、抱き合っているときは蕩けるほど優しい。

叩いたところで笑うだけで怒らないし、甘いキスを返すだけだ。何度も何度も、私が『好き』だと言うまで、ただ何度も……

明くる、日曜の朝。

まだ寝ている彼をおいて、逃げるようにマンションをあとにした。結局、ラウンジにいたあのイチカ食品の令嬢は何だったのかも聞かずじまいだ。

――でも、そんなことはどうでもいい。

問題は、せっかく遠のいたはずの彼との距離が、また少し戻ってしまったこと。少しどころか、二歩進んで三歩下がった気さえする。

結局のところ、どうしようもないほど彼が好きなのだ。

彼には、抗えない。悲しいほど愛しているから……

「はぁー」

週明けの月曜日。出勤するなり、ガックリと肩を落とした杏香は、しょんぼりと席に着く。

ふと外を見ると、並ぶビルの上に曇り空が広がっている。晴れるわけでもなく雨が降るわけでもなく、厚い雲はどんよりと重たそうで、まるで自分の心を覗いているようだと思う。

「ふぅ……」

やんなっちゃうなぁ、不貞腐れたように口をへの字に曲げる。

上昇気流に乗る鳥のように清々しい気持ちでいたはずだったのに。今はもう、水面で漂う枯れ葉のようだ。沼深く、沈むのを待つばかりの朽ちた葉。クルクル回って落ちていったその先は、高司颯天へと吸い込まれていく底なしの沼……

キスをしながら、心が痺れるように震えて泣きたくなった。というか実際に泣いた。

泣けば涙を拭われて、キスされて、やっぱり好きだと思い知らされる。

彼を忘れるなんてできない。ましてや新しい恋人を作るなんて無理だ。彼が近くにいる限り、絶対にできない。

（ああもう、どうしよう！）

真剣に転職先を探してみようかなと、杏香は本気で焦った。

心の奥にしまい込んだものが暴れている。彼を忘れなければとせっかく厚い蓋をしたのに、その蓋を自分自身で壊してしまいそうだ。

とにかく何とかしなれば、本当に元の木阿弥になってしまう。

転職するとしても時間はかかる。彼から離れる方法はないかと考えてひらめいた。

(そうだ！　まずは休もう。せめて数日でも離れよう)

思い立ったままの勢いで杏香は席を立ち倉井課長に申し出た。

「課長、急ですけど、水曜から金曜の三日間有給休暇取りますね。今日と明日、問題ないよう仕事をしておきます」

「え？　そっかぁ、そういえば樋口さん、有休消化できていないもんね。はい、わかりました」

総務部は全社員の勤務実態を把握して指導する役割がある。

そういう意味でも、有休休暇を消化できていない杏香は仕事に都合がつく限り突然休んでも差し支えない。課長も快く許可をくれた。

前回休んだのは杏香の姉が上京したときで、その前は田舎の友人の結婚式で実家に帰ったときまで遡る。幸い健康には自信があるので急に熱を出す心配もなく、杏香の有給休暇には必ず明確な予定があった。

休みをとったはいいが、さてどうしようと悩み、由美に休む報告をしながら聞いてみた。

「お子さんがいる方は忙しいのはわかるんですけど。みんな有給休暇を消化できるほど、色々予定があるものなんですかねぇ？」

「真面目か」と突っ込みをいれ、先輩は笑う。

「別に予定がなくても休むでしょ。家でのんびりしているとか、あてもなくウィンドウショッピングをするとか」

「そういうもんですか」

「そういうもんよ。樋口さんは、本当に会社が好きなのね」

「え、私、会社が好きなんですか？」

笑われて、そうなのかと考え込んでいると、由美が小声で耳打ちしてきた。

「そういえば営業の志水さんだけど、派遣の子と付き合っていたみたいよ」

杏香はハッとして目を見開いた。色々あってすっかり忘れていたが、志水の異動については気掛かりなままだ。

由美の話によると、その女性と志水が廊下で痴話喧嘩をしていたらしい。

「急な異動で、動揺しちゃったのね。『私と結婚するって言ったじゃない！　嘘つき！』ってね、掃除のおばちゃんが言ってたわ」

呆れたものだ。倉庫での『樋口さん。俺、君が好きなんだ』は、何だったのか。

女ったらしめ。どいつもこいつも、男というのはこれだから困ると顔をしかめる。

颯天はどうなのだろう。

青井光葉など交際する女性の噂はあれど、少なくとも彼の部屋に他の女性の気配はなかった。付き合っているときも、久しぶりに入った先週末も……

（専務……私をどう思っているの？）

「はぁ」

ため息を落としながら思った。どんなに考えたところで、一生答えはでないだろう。

そして迎えた休日、一日目。

午前中は転職サイトを覗くことに時間を費やした。興味を引かれる募集がいくつかあり、満足して午後は気分転換に外に出ようと思い立つ。

仕事を辞めようとしているときにお金は使えない。無料で楽しめて、仕事の関係者に会いそうもないところ、と考えて。浮かんだのはやはり図書館だ。

早速向かった図書館で前回借りた本を返し、書架の間を歩いていくと、思いがけない人に会った。

「あっ」

例によって大きな鞄を脇に置いている、加島助教授だ。

「こんにちは、またお会いしましたね」

どちらからともなく誘い合い、図書館の外に出て敷地内にある公園のベンチに座った。

今回はどこか店に入ってお茶でもという話にはならず、彼は「天気もいいですし、よろしかったら、そこの公園でコーヒーでも飲みましょう」と言ったのである。

「どうぞ」

「ありがとうございます」

加島が自販機で買ってきてくれたカフェオレは、膝の上に置くと湯たんぽのように温かい。

「先日はすみませんでした。ちっとも落ち着けませんでしたよね」

「いえ、いいえ。樋口さんはとても立派な方とお知り合いなんですね」

微笑む加島が十分に言葉を選んでくれていることがわかる。

見るからに立派な方の颯天の態度から、杏香と彼とは訳ありな関係だとわかっただろうに、お知り合いというオブラートに包んでくれた。

「ええ、彼はまぁなんというか、私の上の上の、ずっと上の上司で……。雲の上の人です」

「――雲の上ですか」

そう言いながら、加島は空を見上げた。

「あの積雲で五百メートルくらいかな」

五百メートル……。手を伸ばしても届かないけれど、道であれば歩ける距離だ。

「そうなんですね。雲までの距離なんて考えたこともなかったです」

不思議なもので、具体的に距離を考えると、なぜだかそう遠くないような気がしてくる。

だとすると颯天がいる雲は近くて遠いのか、遠そうで実は近いのか。禅問答のように考えながら、杏香はそのまま雲を見上げた。

先に視線を落としたのは加島で、彼はブラックコーヒーのボトル缶を開けてゴクリとひと口飲んだ。

「ところで、今日はお休みですか？」

現実に引き戻されたようにハッとして杏香は彼を振り返った。

「あ、はい。今日から三日間有給休暇を取りました」

「旅行ですか？」

普通はそう思うだろう。わざわざ三日連休とまで言う必要はなかったのに、言ってしまったものは仕方がない。杏香は左右に首を振りながら、ちょっと困ったように眉を下げた。

「何の予定もないのに、有休を取ったのは初めてなんです」

杏香を振り返った加島の瞳には、好奇心の色が窺える。予定もなく三日間の有給休暇を取るには、一体どんな理由があるのだろうと思ったのかもしれない。

「会社、辞めたくなっちゃって。真剣に仕事を探そうと思っているんです」

「今のお仕事が嫌になってしまったとか？」

「そうではないんですけれど、違う世界に行ってみたいなって。人生の分かれ道に立っている気分なんです。大げさですけど」

穏やかな笑みを浮かべながら、加島はうんうんと頷いた。

「いいじゃないですか？　試してみても」

「そうですかね？」

「何でもやってみたらいいですよ。まだ若いんですから」

「逃げてるみたいで、どうかとも思ったんですけど」

加島は、あははと楽しそうに笑う。

「あなたは真面目なんですね。逃げるが勝ちっていう言葉もありますよ」

先輩に続き、またしても真面目だと言われた。

彼との関係を知らないから、みんなそう言うのだろう。真面目な女性は会社の上司と中途半端な関係を続けたりしない。苦笑するしかないが、それはそれとしてハッとさせられた。

「逃げるが勝ち——そういえばそうですね」

「全力で逃げてみたら、結構楽しいかもしれませんよ」

目を細めて笑う加島を見ながら、なるほどと思った。

全力で逃げようか。あの雲が見えないところまで。

＊＊＊

杏香が加島と空を見上げていたちょうどその頃。

颯天は右腕でデスクに肘をつき親指の先を顎にあてたまま、パソコンの画面をじっと睨んでいた。

画面に写っているのは出張管理表。

社内ネットワークシステムにより、社員たちの不在状況がわかるようになっている。

彼が凝視しているのは総務部の一覧で、樋口杏香の欄だ。今日から三日間横にずらりと有給休暇のマークが並んでいる。

「……」

ふいに小さなベルの音が響いた。デスクの上で、スマートフォンが電話の着信を告げている。

「はい」

電話は坂元からだった。

『イチカの件ですが、今回のお詫びにと新規プラント建設に関わる仕事はすべて契約の運びとなりました』

「そうか」

見合いをした翌日、西ノ宮家から縁談を断る旨の電話があったと聞いている。

その際、西ノ宮篤子の父はとても動揺していたらしい。娘が我儘を言い出したと平謝りだったという。

『破談の理由がわかりました。どうやらお嬢様には他に好きな男性がいたそうで、破談にしてくれなければ死ぬと大変な騒ぎになったようです』

「へぇー」

『今回、縁談そのものがなかったという話になりました』

「ふーん」

他人事のように間の伸びた返事をしながら、颯天はニヤリと口元を歪める。

坂元は、高司家の主人である颯天の父の指示で動いている。信頼できる執事である彼は、父に口止めされれば、しっかりと口を閉ざす。たとえ相手が嫡男の颯天であってもだ。

彼が秘密裏に動くのは当然だが、皮肉のひとつも言ってやりたくなった。

「なぁ坂元、俺がやらなくても、お前が何とかしたんだろう？」

少し沈黙した坂元は、あくまでシラを切った。

『――さあ、何の話かわかりませんが』

坂元は篤子の素行を調査しており、恐らく颯天が動かなくてもこの縁談を潰しただろう。全て知った上で、お手並み拝見というところだったに違いない。颯天はそう見ている。

「あの女が通っているクラブのオーナーが、お前にも報告してあるって言ってたらしいがな」

『そうですか。いずれにしろ契約が上手くまとまってよかったです』

淡々と答える坂元の返事に思わず苦笑する。

知っていてしらばっくれたのはお互いさまか。

「それで？　俺が整理しなきゃいけない縁談はあといくつだ？」

坂元はゆっくりと言った。

『あと、二つです』

電話を切った颯天は、うんざりしたように舌を打つ。あと二つ。そのどちらも一筋縄ではいきそうもない。

ますます渋い顔になった彼はコーヒーカップに手を伸ばした。

喉を伝う冷めたコーヒーは微かな苦味を感じるだけだったが、それでもいくらか気分転換になったらしい。ホッとため息をつき、金曜の夕方を思い返す。

（杏香のやつ……）

うたた寝から起きた杏香は、最初こそ寝てしまった自分に驚いているようだったが、目覚めるに従って表情の端に不満を浮かべ始めた。

何か言いたいが、何から言ったらいいのかわからない。多分そんな感じだったのだろう。軽く口を開けたり閉じたりしていたが、気づかないふりをした。

「とりあえず食べよう。話はそれからだ」

テーブルに並んだのは、颯天が食べたいとリクエストしたビーフシチューの他に、エビとブロッコリーのスープにサーモンの入ったサラダ。見た途端に食欲が湧いた。

しばらく忘れていた感覚だった。

いつからか、皿の上の何を見ても、どれを食べても何も感じず、ただ口を動かして飲み込んでいるだけの食事になっていた。

「うまいな」

自然とそんな言葉が漏れ、杏香はちょっと照れたように頬を赤く染めていた。

少しだけならいいだろう？　と飲ませたのは、杏香がこれなら飲めるとわかっていた甘いワイン。甘くないビターなチョコレートケーキを、ワインに合わせて選んだ。

「明日は休みだろう？　別に襲ったりしないから安心しろよ」

怒らせるつもりで言ったわけじゃないのに、杏香はぷりぷりと怒り出した。

「そんなのわかってます！」

ちょっと怒ったときの杏香はやたらと可愛い。一年前、失恋して自暴自棄になった杏香は酔って絡んできたときも、放っておけないほどに可愛らしかった。

彼女の名前までは知らなかったが、顔は覚えていた。あのときから半年ほど前か——会議で急遽必要になった書類を届けてくれた女性。それが杏香だ。

「ああ、ありがとう」

「いえ」

屈託のない笑顔でにっこり微笑んで、そのまま行ってしまった。

彼女はたまたま書類を届けに会議室に来た。それだけだが、何となく心に残った。

その後も、時々見かけた。大体いつも笑っていて、とても楽しそうだった。

営業の男どもが彼女の噂をしているのを聞いたこともある。

「総務のあの子可愛いよな。でも飲み会には絶対に来ないんだって」

「へえ、残念。男がいるのか」

その中には志水もいた。

杏香は知らないが、志水にはよからぬ噂がある。志水は短期の派遣社員ばかり狙ったようにつまみ食いをしているというのだ。

派遣先での揉め事は不利になるからと、彼女たちは口を閉ざす。そこにつけ込む卑怯者。営業マンとしての評判は悪くないが、仕事はできても女にだらしない男は信用できない。

事の真相は不明だったが、杏香に迫っていたときのあの強引さは噂を裏付けるものだった。

忌々(いまいま)しげに眉をひそめた颯天はコーヒーを口にして気を取り直し、再び出会う前の杏香を思い出す。

総務での杏香の評判は良く、人事部長が杏香のデータを差し出し「あと一年ほど様子を見て、秘書課へ異動を考えている女性社員がいます」と言っていた。

とはいえ、彼女との接点はない。日々の仕事に追われて記憶の片隅に追いやっていたが――

あの夜も帰りが遅く、通りがかった路地でレストランバーを見つけ、食事がてら少し飲もうと立ち寄った。そこに彼女がいたのだ。

「片想いだった相手の恋の応援をする辛さがわかりますか？」

いつも明るく笑っている彼女に何があったのかと、颯天にしては珍しく興味を抱いた。

「さっぱりわからない」

「もうー、専務には恋心がないんですか⁉　鬼っ」

適当に流していたが、キャンキャン仔犬のように騒ぐ様子も一生懸命訴えて絡む仕草も、少しも不快じゃなくて、何となく突き放せなかった。

いつの間にか、するりと心に入り込んできた彼女……

(なぁ、杏香。何で別れようなんて思ったんだ？)

ひと月の空白など忘れたかのように、素直に甘えてくる杏香を抱きながら、湧いてきたのは疑問と確信。お前が俺を忘れるなんて、できやしないのに。

「そんなに俺が嫌いか？」

今にも泣き出しそうに潤んだ瞳で、「嫌いです」と恨めしそうに言いながら、しがみついてくる杏香を見下ろした。

薄く微笑んで顎をすくい、何度も唇を重ねた。

杏香の好きな触れるだけの軽いキス。焦れったいくらいにゆっくりと繰り返しながら、潜んでいたあいつの熱が甘い吐息となった頃を見計らって、しばらく消えないよう強く吸い上げた痕を胸に残した。

「会社を休んで、何をしているんだ？」

モニターに映る樋口杏香という文字を見つめながら独り言ち、一体何を？　と重ねて考えたとき、扉がノックされた。

「はい」

「失礼します」

入ってきたのは秘書の青井光葉だった。扉の開閉で動いた空気が、光葉が放つ甘い香りを部屋の最奥まで運ぶ。ピクリと眉を潜めた颯天は、ため息を吐きながら軽く目を閉じた。

コツコツと尖ったヒールの音が、一歩一歩と近づいてくる。

「専務、明日三時からのお約束だった澤井様ですが、突然体調を崩されて入院なさったとの連絡がありました。いかがいたしましょう」

「現時点でわかっていることは？」

入院先や病名など報告する光葉は、薄っすらと笑みを浮かべて颯天を見つめている。

ここＴＫＴ工業で一番の美人だと噂される彼女は、秘書課の社員であり、大手銀行の次期頭取と噂されている人物の娘だ。優秀と評判で秘書課での評価も高いのは事実だが、物心ついたときからお姫様のようにもてはやされていたのだろう。靴音や仕草、表情ひとつまで、溢れるほどの自信を漲（みなぎ）らせている。

だが、心の貧しさはどうしようもないなと颯天は思う。

報告している内容が内容なのに、相手に対する憂いや気遣いのようなものは心に浮かばないらしい。表情はただ堂々としているだけだ。

彼女は何を報告するにも、こんな風に勝ち誇ったような言い方をする。

彼女から感じるのは、いつも相手に自分がどう見えるかという自己顕示欲だけ。お前は謙虚という言葉を知らないのかと、颯天は胸の内で苦笑する。

「私に何か、できることはありますでしょうか？」

「いや？　――何もない」

心外だと言わんばかりに首を傾げる光葉から視線を外し、受話器を取る。

光葉が出て行き扉が閉まるのと電話の相手、秘書課長が「はい」と出るのは同時だった。颯天は澤井氏の見舞いが可能か確認するよう頼み、電話を切ると椅子の背もたれに背中を預け、響き渡るような大きなため息を吐いた。

「青井家は、お前と光葉さんの結婚を望んでいる。悪い話じゃない。よく考えろ」

颯天は父からそう言われている。残る縁談の二つのうちの一つ。それが青井光葉だ。

銀行との付き合いが大切なのは重々承知しているが、それとこれとは別だ。光葉の匂いも醸し出すお嬢様オーラも何もかも、颯天は我慢ならなかった。

彼女は仕事ができると言われているが、他の秘書は更に優秀だ。彼女の父親が次期頭取と噂されている人物だという以外、特筆すべき点はない。

光葉の放った匂いを一刻も早く消し去りたい衝動に駆られ、立ち上がってデスク脇にある空気清浄機を強にする。

香水の強い女はそれだけで苦手だった。颯天自身は香水を使わない。整髪剤や風呂上がりに使うローションも極力香りの弱いものにしている。

同じ女性の匂いでも、杏香の匂いだけは数少ない好きな香りだ。彼女から漂うのは、香水の強い香りではない。

「ん？」

「今、何か気にしてましたよね？」

「ああ――いや、良い匂いがするなぁと思って」

杏香の首のあたりに顔を埋めると、何とも表現しがたい蜜のような香りが鼻腔を蕩かすのである。

香水はつけていないと言いながら、くすぐったいと体をくねらせて、くすくすと笑う。その可愛い声を包みこむように唇を重ねた。

「杏香……」

たまらなく愛おしい想いが溢れてくる。

どうしようもないというあきらめに似たため息が、音もなく漂い、また自分に降りかかってくる。

光葉は他人の目に映る自分しか見ていないが、杏香は違う。彼女の瞳に映るのは俺だ。いや、俺のはずだった。口元に苦笑を浮かべた颯天は「ははっ」っと乾いた笑い声を上げた。

思い出させようとして、ひと月前に引き戻されたのは、自分の方だったのか――

ビル街を見下ろしたまましばらく考え込んだ颯天は、デスクに戻り内線ボタンを押した。

電話を切ってから数分後、扉がノックされ「失礼します」と入ってきたのは総務部部長である。

いずれにしても計画通りにことを進めるまでだ。

「急で申し訳ないが頼みがある。一人、秘書課に異動させたい」

＊＊＊

「あぁぁー、休んだって感じがする」

エレベーターを待ちながら、杏香はしみじみと独り言ちた。

三日間の有給休暇に土日の休みで計五日間。親友にも会い、部屋の大掃除もしたおかげで気分も清々しい。服やバッグの思い切った断捨離ができたのはよかったと思う。

颯天にもらったアクセサリーについては、どうしたらいいかとても迷った。今は手放す気持ちにはなれないし、だからといって割り切って使えない。結局答えは先送りしたが、いつか彼への気持ちが懐かしい思い出に変わったときに考えようと決め、ひとつの宝石箱にまとめて引き出しの奥へそっとしまい込んだ。

処分はできなかったが、それでもいくらか遠くに逃げられた気がした。

逃げるが勝ちと加島に言われた言葉を思い出し、満足げな笑みを浮かべる。

（私はとことん逃げて勝つ）

まずは会社を辞める。決意が鈍らないよう、退職届は今日提出すると決めた。

基本的に退職届は二カ月前に提出する決まりになっているし、引き継ぎもあるので実際に辞めるのは年明けになるかもしれないが、それは仕方がない。退職届だけは何が何でも今日のうちに出すつもりで、家で書いてきた届けはしっかりとバッグに入れてある。抜かりはない。

ぐずぐずと迷うのはもうやめた。どんなところに転職しても、また一からスタートするだけだ。

TKT工業に就職したときのように、ただそこでがんばればいい。

今の自分に必要なのは、逃げる勇気。――どこまでも逃げてやる！　と決意を固くする。

「おはようございまーす」

明るく挨拶をして席につくと、なぜか神妙な顔をしている倉井課長と目が合った。

「おはよう」

「どうかしました？　もしかして私がお休みしている間に仕事が山盛り出てきたとか？」

課長は眉尻を下げて、困ったような笑みを浮かべる。

「大丈夫、それはないよ。どう？　しっかり休めたかな？」

「はい、おかげさまでやる気満々です！」

「それはよかった。樋口さん。ちょっと会議室まで来てくれるかな」

というよりは退職届を出す気満々だが。

そう言ったのは課長ではなく、いつの間にか現れた総務部長だった。

「あ、はい？」

部長が目配せをして倉井課長も席を立つ。

部屋の隅には二つばかり会議室がある。内部の打ち合わせ用だが杏香が一人だけ呼び出されたのは初めてだ。その時点で既に嫌な予感がしかしない。

部長と課長は並んで座り、杏香は戸惑いながら向かいの席にそっと腰を下ろす。三人が座ったところで、部長が口元に形だけの笑みを浮かべた。

「坂元取締役の手伝いのほうは順調のようだね」

そう言われても、坂元からはデータを規定のテンプレートに載せ替えるという簡単な作業しか頼まれていない。胸を張るわけにもいかず恐縮しながら「ええ」と答えた。

前振りは終わった。——さて、本題は何なのか。

否が応でも緊張は高まり、そわそわと落ち着かず口の中が乾いてくる。

「それでね、君に秘書課に異動の話が出た」

いきなりの部長の発言に驚きのあまり、杏香の口から「ふぇ」と間の抜けた声が出た。

「ひ、秘書課？　う、嘘ですよね？」

わざわざ呼び出されて嘘を言われるはずもないのに、聞き返さずにはいられなかった。

だが、その質問は真顔のままスルーされて、具体的な話へと移る。

「異動は来週月曜日から。取り急ぎ明日から派遣社員が来るので、総務の仕事の引継ぎをしてほしい。年末の慌ただしい時期に申し訳ないが、決まった以上、つつがなくよろしく頼む」

課長を振り返りながら部長はそう言って、早々に「じゃあ」と話を切り上げようとした。

「ちょ、ちょっと待ってください！　どうしてですか？」

身を乗り出した杏香は、食い下がるように部長に訴えた。

突然告げられて、はいそうですかと聞ける話ではない。通常人事異動は年度の切り替え時である。つい最近の志水のように時期外れの異動もあるにはあるが、その場合ははっきりとした理由があるはずだ。

「なぜですか？　この時期にどうして私が異動なんですか？」

興奮ぎみの杏香をたしなめるように、倉井課長が、「まぁまぁ落ち着いて」と、困った顔をするも、とてもじゃないが落ち着いてなどいられない。

「わ、私、会社を辞めようと思っているんですっ！　退職届も今日持ってきていています！」

立ち上がって思い切り宣言した。今こそ提出しなければ。

「えっ」

総務部長と倉井課長がギョッとしたように目を剥く。

「すみません、でも、そう考えていたのもあってお休みをもらったんです。秘書が嫌だとか、咄嗟に思いつきで言っているわけではないんです。異動してすぐに辞めるわけにもいかないですし、すぐに退職届を提出しますので」

そう一気にまくし立てて会議室を出ようとすると、二人が焦ったように腰を浮かせた。

「待て待て、樋口さん。辞めたい理由は何だ？」

続けて倉井課長も聞いてくる。

「何かあったの？」

揃って心配そうに杏香を見る。その声は責めるわけではなく、どちらかといえば優しさを帯びていた。彼らに抗議したところでお門違いだとわかっている。

目の前の二人が言い出した人事ではないことくらい、杏香にもわかる。年末の総務は忙しい。今自分が退職を強行すれば人事異動が不満だと受け取られるだろう。どうせ辞めるのだから何を言われても構わないが、お世話になった上司を困らせる形で辞めたくはない。

昨夜考えた退職の言い訳は何だったか？　理論立てて説明しようとしたが、秘書課への異動を知らされたショックで頭の中が真っ白になってしまった。

「それは……」とは言ったものの先が続かない。

杏香は俯いて、開きかけていた口を閉じた。

秘書課に行きたくない理由も辞めたい理由も同じ。一つしかない。でもそれだけは、どうしても言うわけにはいかない。言えるはずがないのだ。

はぁっと胸の内で密かにため息を吐き、杏香はあきらめたように答えた。

「ネガティブな理由ではないんです。すみません。他の世界も見たいと……。そもそも私が秘書だなんて、無理ですよ」

「自信がないのか？　何を言ってるんだ、君らしくもない。もともと君にはいずれ秘書課に行ってもらう予定だった。少し早まっただけなんだよ？」

「えっ？　いずれ……ですか？」

部長は頷く。

「自信を持ちなさい。それに、新しい世界なら秘書課でも見れるだろう？　キャリアアップになるし、決して悪い話じゃないと思うぞ？」

倉井課長も「樋口さん」と呼びかける。

「辞めるにしても、秘書はいい経験になるんじゃないのかな」

抵抗したところで辞令は変わらない。それは人事を取り扱う総務部にいて杏香も十分にわかっている。課長が言う通り、辞めるにしてもいったんは秘書課に行くしかないのか……

顔を上げた杏香は、やけくそな気分のままぺこりと頭を下げた。

「わかりました。秘書課でがんばってみます」

「おお、そうかそうか。なーに、君なら秘書課でも上手くやっていける。大丈夫、大丈夫」

ホッとしたように部長が相好を崩す。

人の気も知らないでと心の中で悪態をつきながら、杏香は作り笑顔でまた頭を下げた。

それにしても――颯天がこの人事異動を知らないはずはない。仮に関係していなかったとしても、ここまで話が進む前に彼に稟議が回り、了解を取っているはずなのである。どうしてそこで反対しないのか。

一度は引いた椅子を戻しながら、杏香は部長に聞いた。

「あの、部長。この異動はいつ決まったんですか？」

部長は、「あぁ……」と言葉を濁した。

「うん、実は先週なんだ。秘書課でどうしても人が足りなくてね」

「そうですか……。本当に急なんですね」

「ああ、そのようだ。じゃあ、よろしく」

「はい」

部長と課長が先に会議室を出たところで、杏香は立ち止まった。

「――先週？」

もしかして私が泊まったりしたから彼は勘違いしている？　別れはなかったってことになっているの？

そこまで考えて、でも待てよと首を傾げた。

仮にそうだとしよう。でも普通に考えれば、付き合っていることは誰にも知られたくないはずだ。それなのにわざわざ近くに置くとなると。まさか、まさか。

個室を持つ専務と秘書が、人目がないのをいいことに、あんなことやこんなこと……

――これって、愛人への道まっしぐらじゃない？

脳裏に浮かんだ颯天が、悪魔のようにニヤリと口角を歪める。

杏香はがっくりとうなだれた。

（結局、こうなるわけね……）

別れを切り出し、退職も考えた。散々逃げようとしているのに、やっぱりこうして捕まってしまう。

もういっそ、落ちるところまで落ちてみようか。
やけくそな気分になった杏香は、やれやれとため息を吐く。
恋の沼だって、底はあるはずだ。

第四章　将を射んと欲せば

秘書課に異動して一週間が経った。

和やかな総務課と違って、秘書課はいつも張り詰めた緊張感に満ちている。

ピリピリとした空気の中で慣れない仕事をするのは気苦労が絶えないが、夢中で仕事をこなすうち、やりがいも生まれてきた。

何しろ休み明けに突然告げられた異動話だ。大好きな総務を離れる悲しさと、まだ見ぬ秘書課に対する不安。更には、颯天が何を考えているのかがわからないという心配もあって八方塞がりな気分だったが、それらは杞憂に終わりそうだ。

一番気がかりだったのは颯天だったが、仕事を指示されたら秘書室の自分の席に持ち帰って仕事をするという、他の秘書たちと変わらない勤務である。

そもそも杏香は高司専務専属というわけではなく、坂元取締役の仕事がメインだ。颯天の仕事をするときは彼の担当秘書でもある秘書課長から指示を受ける手筈になっているので、日によっては一度も颯天と顔を合わせなかったりする。

考えてみれば、いつだって仕事には真剣な彼が、よこしまな理由で自分を秘書にするはずがないのだ。自分の思い過ごしだったと、杏香は納得していた。

「樋口さん。坂元取締役が、手が空いた時でいいから来てほしいそうよ」

「はい。ありがとうございます」

美しい笑顔で声をかけてきたのは、青井光葉である。

彼女は噂通り仕事ができるし感じもいい完璧な女性で、由美が言っていたような裏の顔は見当たらなかった。

秘書課長からは、人間関係で何かあれば必ず言ってくれと言われているが、今のところまったく問題ない。皆とてもいい人ばかりである。

秘書は皆担当する役員がいるが、彼女は主に颯天の仕事をしているようで一緒にいるのを度々見かける。二人揃って背も高くゴージャスな外見なのでとても様になるのだ。

感心すると同時に胸の奥が傷み、杏香は身の程を知った気分だった。

颯天は高司家の御曹司なのだ。彼女のような人が似合う……

容姿に家柄。どれひとつを取っても自分と彼女ではライバルにさえなれそうもない。突き付けられた現実は厳しくて、涙さえも出ない。

今となっては、望みは一つだけ。颯天が彼女と結婚すると言い出す前に何としてでも退職する。

「失礼します」

杏香が書類を届けに来たとき、坂元はコーヒーメーカーの前にいて、マシーンが機械的なミルの音を響かせていた。

以前この部屋に入った時にはなかったはずのコーヒーメーカーが、いつの間にか増えていて「皆さんの手を煩わせずに、好きな時に好きなコーヒーを飲みたいのでね」という理由はいかにも気遣いの人、坂元らしかった。

「ちょうどいい。お忙しくなければどうですか？　ご一緒に」

彼はそう言って、どうぞとソファーに向かって手を差し伸べる。

代わりに私が入れますと言いたいところだが、コーヒーメーカーの使い方がわからない。

「すみません」と深く頭を下げて、杏香はソファーに腰を沈めた。

「どうですか？　秘書課は慣れましたか？」

「はい。おかげさまで」

「どうぞ」

坂元はテーブルの上にコーヒーが入った紙カップを静かに置く。

音を立てない鮮やかな仕草さに感嘆しながら、杏香はペコリと頭を下げた。

「ありがとうございます」

早速口にしたコーヒーは、良い香りがしておいしい。豆がいいのか、機械がいいのか。恐らくどのどちらも良いものなのだろうが、専門店で飲むようにおいしかった。

「とってもおいしいコーヒーですね」

「ああ、これは〝彼〟御用達のものですからね」

言いながら坂元は隣の部屋を軽く指さして、他の秘書さんには内緒ですよとクスッと笑った。

「秘書が出してくれるコーヒーが、どうにも気に入らないらしくて」

「そうでしたか」

「ですから時々、ここに飲みに来ます。多分そろそろ……」

え？　っと思ったちょうどそのとき、軽いノックと共に扉が開いた。

噂をすれば何とやら。顔を出したのは颯天だ。

席を立ちコーヒーメーカーのもとへ歩いていく坂元と入れ替わるように、颯天はまっすぐソファーに向かって歩いてきてドカッと腰を下ろす。

「うまいだろ？」

杏香の正面に座った颯天は身を乗り出すようにニッと口角をあげる。

「――ご馳走に、なってしまいました。とってもおいしいです」

突然の彼の登場にお尻がもぞもぞと落ち着かないが、コーヒーはまだひと口しか飲んでいない。席を立つわけにもいかず、カップを手にまたひと口飲んだ。困ったことに、一気に飲むには悲しいほど熱すぎる。

「秘書課に来て今日で一週間経ったな。どうだ？　少しは慣れたか？」

彼は坂元と同じことを聞いてくる。

「ええ、仕事のほうはまだまだですけど、何となく秘書課の雰囲気は掴めたと思います」

「そうか、まあどうせ来週からは俺の専属になるから、大体わかれば十分だ」

（――へ？）

一瞬耳を疑った杏香は、カップを持つ手もそのままに口にしたコーヒーをむせてしまいそうになり、慌てて飲み込みコホコホと咳をする。

「大丈夫か？」

「ちょ、ちょっと待ってください。せ、専務の専属？」

喉よりも彼の発言の方が問題だ。

「ああ、そうだよ。何だ、聞いてないのか？」

「き、聞いてませんっ！」

ブルブルとかぶりを振る。もちろん、誰からも聞いていない。聞いていたらこんな風にのんびりとコーヒーなんて飲んでいられない。

「ふぅん。まあいいじゃないか、今言ったし」

颯天はサンキューと坂元からカップを受け取り、満足そうにコーヒーの香りを楽しんでいる。

その呑気な様子に、杏香は唖然とした。

「すみませんね、杏香さん。今の仕事が片付いたところで、私はしばらく出勤しないのですよ。もともと非常勤ですし、高司家の方の仕事で忙しいものですから」

坂元が申し訳なさそうに眉尻を下げる。

「何だ、俺の専属じゃ嫌なのか？」

目を細めて颯天がじっと見る。まさか不満があるわけじゃないよなと、言わんばかりの目力だ。

嫌です！　そんなの嫌に決まってるじゃないですかっ！　とは思っても、平の秘書として口にはできない。

「――でも、今までと変わらないですよね？　課長の指示で専務のお仕事をするんですよね？」

恐る恐る聞いてみた。

「うん、まぁ、そうだな。変わらない変わらない」

なるほど、それならば問題ないと納得する。坂元としばらく会えないのはとても寂しいが、それは仕方がない。上司を選べる立場ではないのだから。

ひとまずホッとしたところで、そのまま三人でコーヒー談議に花を咲かせた。

「そんなにおいしくないですか？　会社のコーヒー」

杏香も客に淹れるついでに飲んだりするが、十分においしいコーヒーだったと思う。

なのに、颯天は「ああ、不味い」とにべもない。

役員用に買い置きしてあるコーヒーが安物とも思えないし、好みの問題だろう。それを不味いと切り捨てるのはいかがなものか。

杏香は口を尖らせた。

「まったくもぉ、我儘ですね」

颯天に対して、杏香の態度は少し変わった。

最近は遠慮なく、思った通り言うようにしている。いずれにせよ辞めようと思っているのだから、クビになったところで怖くはない。そんな気持ちがあるからだが、杏香の不遜ともいえる態度を彼も気にする様子は見せなかった。

「自分だってうまいって思うだろう？　このコーヒー」

「ええ、まぁ」

「だったらいいじゃないか、特別にお前も飲んでいいからな。その代わりちゃんと使い方覚えておくんだぞ」

颯天はいつになく楽しそうに見えた。

彼の執務室ではこんな風に冗談めいて笑わないし白い歯を見せたりしないのに、この部屋にいるときは口数も多く、リラックスしているようだ。

いつも神経を尖らせていたのでは気が休まらない。ホッとできる場所があってよかったですねと杏香は心密かに語りかけた。

「はい。わかりました」

明るい笑顔につられ、杏香もついクスッと笑ってしまう。

(――ま、いいか)

距離でいえば近くはなったが、颯天が何もしてこないので杏香を安心させていた。

光葉を交えたどろどろの三角関係はごめんだ。今のような穏やかな関係のまま、必ず辞めると腹が決まっているからこそ、こんな風に笑い合えるのだ。

もうすぐクリスマス。否が応でも彼との距離を再認識できるあの恋人たちのイベントがある。

辛さを乗り越え、年が明ける前に折を見て退職届を出そう。何もない平和なときに穏やかな気持ちで彼に改めてお別れを告げればきっとうまくいく。そんな確信めいた思いが、杏香を強くしていた。

だが――

もしかしてそれは甘い考えだったのか。

走り抜けるように忙しい一週間が過ぎ、迎えた土曜日の午前中、のんびりと寛いでいるとインターホンが鳴った。

覗き穴を見れば、宅配業者が大きな段ボールを持っていた。

「お名前を確認していただいて、サインお願いします」

買い物をした覚えはない。怪訝そうに差出人を見ると、颯天の名前がある。

(えぇっ⁉)

「あ、あの。受け取り拒否ってできますか？」

「はい」

頭を抱えるようにして拒否するかどうか悩んだが、やむなくあきらめた。

嫌な予感しかないので受け取りたくはないが、でも、拒否した後のほうが怖い。

不安そうな宅配業者に、やっぱり受け取りますと告げて、玄関の中に入れてもらった。体力がありそうな若い男性がカートで運んできた荷物だ。いくら力自慢の杏香でもとても持てそうにない。

「じゃ、失礼しまーす」

「ご苦労様です」

業者を見送りドアを閉め、段ボールを振り返る。

「一体、何なのよ」

ずるずるとリビングまで引きずり、段ボールを開けると、中にはわんさと服が入っていた。

「えっ？」

これはどういうことか？

電話か、メッセージか悩み、もしかしたら仕事中かもしれないと考えてメッセージを送ることにした、が。

「——あっ」

颯天の連絡先もＳＮＳも削除していたと思い出す。これで何度目か。もういっそ本人に聞いて再登録しようかと思うが、それだけは意地でもしたくない。

仕方なく服を取り出して、いくつか並べてみた。

スーツにブラウス、そしてコート。靴にバッグもある。どれもこれもハイブランドの素敵な物ばかり。彼は何のためにこれを送ってきたのか？

うーんと頭を悩ませていると再びピンポーンとインターホンが鳴った。

画面に映った顔にギョッとして目を丸くする。

「えっ？」

訪問者は颯天だった。

動揺したものの、話をしたかったのだから、ちょうど良かったともいえる。

慌てて鍵を開けると、ずかずかと颯天が部屋の中に入ってきた。

「あっ、ちょ、ちょっとま——」

止める間もない。

「いつまでこんなセキュリティの甘いマンションにいるんだ？」

眉間に皺を寄せ、いきなりの文句だ。

過去に一度だけ、彼は部屋に入ったことがあるが、そのときも「どうしてこんなところにいるんだ」と不機嫌に言った。よほど気に入らないのだろう。

どう言われても、杏香は気に入っているので引っ越す気はないが。

玄関に取り残された杏香は、「もう」と頬を膨らませる。

部屋はワンルームだ。彼が一度だけ来たときに抱き合ったベッドがそのままある。

なので入ってほしくはないのに、そんな気持ちを知ってか知らずか、彼は当然のようにベッドの上に腰を下ろす。一応ローソファーもあるというのに。

（そりゃ、長い脚が邪魔でしょうけど……）

「ああ、届いたか」

段ボールが目についたらしい。

「そう、これ！　一体どういうことですか？」

「来週から着ていくように適当に見繕った。秘書は何かと服も困るだろう？」

「え？　えぇ、でも……」

確かに、と密かに頷く。秘書課に異動するにあたって服装をどうすべきか気になっていたのだ。

制服はないのでクローゼットには総務で着ていた服が並んではいるが、同じ私服でも秘書課の女性たちはちょっと様子が違う。彼女たちは皆、制服のようにスーツやワンピースなどのカチッとした、それでいて華やかな服に身を包んでいる。

新たに買い揃えないといけないかもと、気にしていたところだった。

「何もしてあげられないから、せめてこれくらいはな」

(あっ……)

どれどれと立ち上がった彼は、杏香を鏡の前に立たせると、段ボールから取り出した服をあてる。

「うん、いいな」

杏香の後ろから服を当てて、うんうんと頷いてはまた別の服を取る。

「良かった、どれも似合ってる」

思わず恥ずかしそうに俯(うつむ)いた杏香だったが、ハッとする。

喜んでいる場合じゃない。

「あの──」

「じゃあな。これからちょっと出かけなくちゃいけないんだ」

驚いて振り向こうとした杏香の頬に、チュッとキスをした颯天は、すたすたと玄関に歩いていく。

アッと声を出す間もなかった。

「鍵、かけ忘れるなよ」

あれよと言う間に、慌ただしく彼は出て行ってしまう。

「う、嘘でしょ？」

慌てて扉を開けると、すでに数メートル先を歩いている颯天は振り返り、サッと片手を上げる。

仕方なく杏香も手を上げた。

「何よ。断る隙もないじゃない……」

部屋にいたのは、正味十分くらいだろうか。満足気な様子ではあったが、彼がどういうつもりなのかわからない。

お茶すら入れる時間もなかった。

そんなに忙しいなら来なくてもいいだろうにと思いながら、部屋に戻り、鏡を振り返った杏香は、後ろに立っていた颯天のうれしそうな顔を思い浮かべる。

「何もしてあげられないから、せめてこれくらいはな」

「そんな優しさ、いらないのに」

鏡に映る自分の口から出るのは、ため息だけだ。

でも辞めるからね？　と脳裏に浮かぶ彼に訴える。

「絶対に辞めるんだから」

するすると肌触りのいいワンピースを手に取って、そう呟いた杏香はキュッと唇を噛んだ。

名前の通り疾風のごとく現れて疾風のように去って行った彼の笑顔が脳裏にちらつき、その日の夜はよく眠れなかった。

会社を辞めさえすれば縁が切れると思っていたが、それだけじゃ足りない。

逃げるからには会社を辞めるだけでなく、引っ越しもしなければいけないのか。

送られてきた服の量は、スーツとワンピースだけでも軽く二週間分にはなる。上手くローテーションすればこの冬は服に困らないだろうと、彼の声が聞こえるようだった。

この先長く秘書課で働くつもりはないのに、先手を取られてしまった気分だ。

必死に進もうとしても、次から次へと新たな波が襲ってくる。その波はどんどん高くて強力になっていくような気がしてならない。

（どうしたら逃げられるんだろう……）

本当に、落ちるところまで落ちるしかないのだろうか……

悶々としながら出勤した週明けの月曜日。

それはいきなりの指示だった。

「え……何ですって？」

「君の席は、これから専務の執務室だ。席は既に用意してあるから、荷物を持って行ってください」

秘書課長は形ばかり微笑んで「よろしく」と行ってしまう。

杏香は愕然として青ざめた。確かに颯天から専属になるとは聞いていたが、部屋まで一緒だなんて聞いていない。その違いはあまりにも大きい。

「あの、か、課長――」

「どういうことなんですか！」

杏香の声に被せられた怒声にギョッとして振り向くと、声の主は光葉だった。

「何の経験もない、来たばかりの彼女が専務専属なんておかしいですよね？　もしかして専務の指名なんですか？」

ヒステリックな声に、秘書課がシーンと静まりかえり、杏香の喉の奥はゴクリと鳴る。皆が注視する中、秘書課長は顔色も変えず、薄い笑みを浮かべたまま毅然と対応する。

「指名なんてありませんよ。強いて言うなら坂元取締役の推薦も含めて私の推薦です。何かご不満でも？」

上司にまっすぐ見返されて、それ以上は食い下がれないのだろう。悔しそうに唇を噛んだ光葉は、クルッと杏香を振り返った。

（ヒィ！）

思わず息を呑み、鞭で打たれたような緊張が走る。

光葉の瞳には怒りの炎が燃え盛っている。杏香は慌てて背中を向け、本性見たりと、思わず心で呟く。

由美の想像は、当たっていたのである。パーフェクトな女性と言われる彼女には、裏の顔があったのだ。

「さあ、樋口さん、荷物をまとめて移動してください」

「は、はい」

課長の指示で他の秘書がどこからか段ボールを持ってきた。

「ありがとうございます……」

「いえ……急ぎましょう」

手伝う秘書も光葉が気になるのか硬い表情だ。

「そうですね……」

慌ただしく段ボールに荷物を積めて、杏香は飛ぶように秘書課を出た。

急ぎ足で颯天の執務室の前に立つと、ようやくホッとした。

(前門の虎、後門の狼ね……)

まさか逃げ込むようにここにくる日が来るとは。

「樋口です。失礼します」

扉を開けると、最奥にある颯天の席に向かって右側に、今までになかった机がある。

(――近っ!)

思ったよりも近い。ほんの数歩の距離だ。

颯天はちょうど電話をしているところで、杏香をチラリと見ると、指先で『そこだ』という風に右側の席を指した。

机の両脇には袖机もある。持ってきた段ボール箱を持ったまま、恨めしげに彼を振り返ると、しっかりと目が合った。

ちょうど電話を切るところだったようで、受話器を置くと彼は杏香の方に体を向ける。

「不満そうだな」

「だ、だって、おかしいじゃないですか。執務室の中に秘書の席があるなんて」

「社長にもいるぞ。常務にも」

「みなさん男性秘書です！」

「そういうことを言ってると、ハラスメントとか言われるぞ」

どうだとばかりに彼はニヤリと笑う。

普段口数は少ないくせに、こういうときは達者何だからと睨んだが、彼は素知らぬ顔でデスクに目を落とす。

こうなった以上仕方がない。あきらめて荷物を整理し始めると、ふと気づいた。

このデスク、いつここに持ってきたのだろう？

「あの、専務。この机、いつ用意したんですか？」

「昨日」

土曜日に杏香の部屋に来て、昨日は日曜日だ。

「専務、出勤していたんですか？」

「ああ」

当然のように答える颯天に、言葉に詰まる。わかっていたとはいえ、秘書課に来て彼の忙しさがどれほどのものか、杏香は現実のものとして実感した。忙しいだけじゃない。彼はいつも張りつめた空気の中にいる。だから、坂元の執務室でリラックスしている彼にホッとしたのだ。

坂元が言っていた。

「彼が妥協してしまったら、議論は終わってしまいますからね」

彼は輪の中心にいて常に最良の決断を選択しなければならない。間違いは許されないのだ。なのに愚痴ひとつこぼさず、悠然と構えている。

「専務、コーヒー飲みますか？」

杏香の中の何かが疼き、気づけばそう言っていた。

顔を上げた颯天はフッと微笑み、うなずいた。薄い笑みだけれど表情は柔らかい。

『お気づきですか？　彼がこのオフィスで穏やかな表情を見せる相手は、樋口さんだけですね』

坂元が言っていた言葉を思い出し、首筋あたりがこそばゆくなる。あまり彼を見ないようにしているから、坂元の言葉が本当かどうかはわからない。

（きっとお世辞よ……）

可哀想だと思って慰めてくれたのだと一人納得し、コーヒーメーカーの前に立った。

杏香の席の並びにローボードがあり、坂元の執務室にあったコーヒーメーカーも引っ越しを済ませていた。引き出しを開けてみると、コーヒー豆とミネラルウォーター、そして使い捨てのカップも置いてある。

「自分の分も淹れたらいい。飲みたいときに勝手に使っていいぞ」

「はい。ありがとうございます」

これならば給湯室で光葉に合わないで済む。咄嗟にそう思いホッとした。

けれども、そもそもの話、颯天直属の秘書にならなければ彼女の裏の顔を見ずに済んだのだ。それ以前に異動がなければ――

（専務が反対しないからよ。もう）

ついさっきの同情も忘れ、杏香は胸の内でブツブツと文句を言う。

光葉の怒りに満ちた顔を思い出し、一気に気が重くなる。

（これからどうなっちゃうんだろう……）

結局のところ一番安心なのはこの部屋だ。

当分の間秘書課女性用のロッカーは使わないように。トイレはなるべく他の階を使うようにしよう……ため息混じりに考えるうち、コーヒーの良い香りがふわりと立ち上ってきた。

トレイにカップを載せて颯天の席に向かう。

デスクの隅に静かにカップを置くと、「ありがとう」という言葉の後に、颯天は改まって杏香をまっすぐに見た。

「今後の話をしておく。俺は今、秘密裏に進めている仕事がある。この件は坂元と秘書課長の他ごく少数しか知らない」

急に仕事モードになった彼を前に、杏香は背筋を伸ばした。

「杏香、お前にここに来てもらった一番の理由は、その資料作りなどを任せたいからだ。データはサーバーにもアップせずに、この部屋だけで管理する」

（そうだったのね……）

ＴＫＴ工業には派閥があるのは杏香も噂で知っていた。秘書課の先輩に聞いた話では、全重役が颯天の味方というわけではない。むしろ高司家に反発し、颯天の足を引っ張ろうとしている役員もいるらしいのだ。

坂元も「彼の味方は、少ないのです」と言ったことがある。それ以上は何も言わず微笑むだけだったが、今の颯天の話を聞いて納得できた。

「わかりました、専務。がんばります」

浮ついた気持ちを捨てて、杏香はまっすぐに彼を見つめ返した。

「よく似合ってる。お前は、柔らかい色がよく似合うな」

颯天がにっこりと微笑む。

カフェラテのような色のスーツにオフホワイトのブラウス。今日は早速、彼が送ってきた服を着ていた。

「あ、ありがとう、ございます」

「じゃあ、今から準備する。席に戻っていいぞ」

「はい」

赤らむ頬を隠すように頭を下げ、杏香はそそくさと席に戻り、大きく息を吸う。

（……気持ちを切り替えなくちゃ）

彼の力になれると思うとうれしかった。

買ってもらった服やバッグの分も精一杯働こう。辞めるにしてもそのときまでしっかりと彼の部下としてサポートしていこうと、杏香は強く心に誓った。

そんなこんなで夢中に仕事をするうち、瞬く間に一週間が過ぎた。

実際に仕事が始まると、あれこれ悩む余裕がないほど忙しく、時間は慌ただしく流れていく。

颯天が言っていた通りの資料作りを手伝う他、秘書としてスケジュールの管理。その他にも雑多な仕事が数多くあった。

光葉はこれまでどの程度彼の仕事を担当していたかわからないが、杏香が専属になったことで彼女は他の役員の担当に代わったらしく、引継ぎもなかった。

颯天が秘密裏に進めている仕事は光葉も知らないらしい。颯天は何らかの理由で、光葉を信用していなかったのか。あるいは彼女の裏の顔に気づいていたのか。

秘書課の女性にこっそり聞いた話によれば、秘書課での光葉は激高したことなどなかったように振る舞っていると言うが、杏香に対する光葉の態度はガラリと変わった。

うっかり二人きりになろうものなら「あなた、一体どんな手を使ったのよ」と詰め寄ってきたりする。何もないと言っても彼女は納得しない。

いっそのこと無視してくれた方がましなんだけど……とため息が漏れる。

「どうかしたか？」

ハッとすると颯天が見ていた。

「いえ、何でもないです。ちょっと目が疲れちゃって」

実は颯天にずっと心配されている。

「その後、何か言われていないか？」

「嫌がらせはされていないか？」

だがこれくらいで騒ぎたくはないので、何も報告していなかった。今後も報告するつもりはないので、笑ってごまかした。

「ちょっと海外事業部に行ってくる。もし先に客が来たら応接室で待ってもらって」

「はい。わかりました」

執務室を出る颯天を見送り、再びため息を吐く。

（何だかなぁ……）

颯天はあくまでも上司として接してきて、職場ではプライベートの彼を覗かせたりはしない。もしかしたら一緒に帰ろうとか、部屋で待っていろとか言われたらどうしようなんてドキドキしたけれど、この一週間一度もそんな雰囲気にはならなかった。

何しろ彼は鬼のように忙しく、杏香の退社時間になっても出先から戻らなかったり、誰かが来て延々と話し込んだりするから、そんな話にもならないのだ。

そのくせ杏香の残業には敏感で、たった三十分でも残業すると帰るように言われてしまう。

尊敬できて、部下思いで、上司としてはとてもいい上司である。

あまりにもプライベートの顔を見せないものだから、自分たちが体を重ねる関係だったのは妄想じゃないかと思えた。

（これでいいのよね）

年明けには退職届を出すつもりだ。その頃には、颯天が現在極秘で進めている仕事も決着がつくらしい。すべてはそれまでの辛抱である。

そう思っていた矢先、事件が起きた――

「ここにあった業務計画書、知らないか？」

「え？　ケースにないんですか？」

あるはずの書類がなくなったのだ。

颯天と二人で書類ケースの中を探したが見つからない。

「今朝は確かにあった。目は通したから間違いない。今朝から今までにここに誰か来たか？」

「いえ、特には。いつものように秘書課の社員が書類を届けに来ただけです」

「誰だ？」

「えっと――青井さん、ですが」

杏香が答えた後、颯天が眉をひそめた。

「青井が来たんだな？」

「ええ……」

でも、まさか――

颯天がいないのを知っているうえで、彼女は部屋に入ってきた。彼女は無言だったが、書類を持っていたので、それを届けに来たようだった。

そのとき、たまたま内線電話が鳴り、杏香は束の間だが彼女から目を離している。

（まさか、その隙に彼女が書類を？）

彼女だって、秘書としての分別はあるだろう。個人攻撃ならいざ知らず、職務上なくなった書類の重要性はわかっているはずで、会社を守る側の人間がそんなことをするはずがない。

颯天に確認されたこの瞬間まで、杏香は疑いもしなかった。

「この前、コーヒーを零して書類を汚したというのは、本当にお前だったのか？」

颯天が真剣な目でそう聞いてくる。

一昨日も、颯天がいない時間に彼女は書類を届けに来た。

「あっ」という彼女の声に杏香が振り返ったとき、カップは既に倒れていた。

「飲み残しのコーヒーをそのままにしておくなんて、秘書として失格ね」

彼女は謝るどころか、逆にそう言ってきたのである。

残っていたコーヒーはほんの少しだったので、汚れた書類は一枚だけだったし、秘書課長が作った書類で、作り直せるものだったので事なきを得たが。

「あれは……私がカップを片付けておかなかったのかいけなかったんです」

「青井か？」

何となく、そうですとは言い辛かった。もし、彼女が颯天に注意されたら、百倍の悪意になって杏香に返ってくるだろう。そう思うと気が重い。

だが、書類がなくなったとなると話は別だ。杏香はこくりと頷いた。

「はい……」

「そうか、わかった。書類は俺がなんとかする。仕事を続けて」

颯天は微笑むだけでそれ以上何も言わなかった。

それからより一層注意して光葉を避けた。

だが、どんなに避けていても、同じフロアで働いていれば顔を合わせてしまう。そしてその度に彼女は杏香を責めるように睨む。

それが毎日だと、さすがに憂鬱になってくる。

悶々と過ごした二日後の朝、いつものように早めに出勤し部屋の掃除をしていると、光葉が入ってきた。

「あっ、おは――」

「あなたのせいよっ！」

挨拶する暇もない。鬼の形相でいきなり怒鳴られ固まっていると、彼女は興奮した様子で一歩一歩と杏香に近づいてくる。

「あ、あの……何か」

「あなたさえいなければ、すべて上手くいったのよ！　せっかくもう少しだったのに！」

一体どうしたというのか。光葉は手を振り上げる。心当たりと言えば、つい先日コーヒーを零したのは実は彼女だと颯天に告白したが、もしかしてそれが原因？

「許せないわ」

「お、落ち着いて、ください」

ずりずりと後ろに下がりながら、杏香はギュッと目をつぶった。これは多分殴られる。

「いい加減にしろ」

ハッとして目を開けると、振りかぶった光葉の腕を颯天が掴んでいた。隣には秘書課長もいる。

「わ、私は……」

「どこまで父親の顔に泥を塗るつもりだ」

颯天に指摘され、光葉はわっと泣き崩れる。

「さあ、青井さん行きましょう」

秘書課長に支えられるようにして、光葉は出て行った――

「杏香？　大丈夫か？」

抱き寄せられて、杏香は自分が泣いていると気づいた。

謂れのない強い怒りをぶつけられ、ただ戸惑うばかりだった。彼女の立場を考えると、立ち向かっていいのかさえわからなかったのだ。

もし抵抗して彼女が怪我でもしてしまったら会社にも、颯天にも迷惑がかかる。そう思えば黙って殴られるしかない。同じ女性であるのに、あまりにも無力な自分が悲しかった。

「専務……私……」

「ごめんな。こうなる前に青井を追い出すつもりだったんだが――」

体をすっぽりと包むように抱きしめられて、少しずつ気持ちが落ちついてくる。

「昨日、杏香に出かけるよう言っただろう？　あのとき、青井が書類を盗む証拠を掴んだんだ」

杏香の背中をさすりながら彼は詳細に話した。

まず、颯天は忘れ物をしたからと杏香にマンションに取りに行かせた。忘れ物は書類の入った封筒で、すぐに見つかったが、ついでにと買い物も頼まれていたので、かれこれ二時間近くの外出になった。その間颯天は自分も出かけたと見せかけ、部屋に隠れていたという。

すると、まんまと光葉が部屋に侵入し、書類ケースから取り出した書類をシュレッダーにかけ始めたというのだ。

一部始終を防犯カメラで録画した上で、隠れていた颯天が彼女の前に現れ問い詰めた。

「実は今回の件だけじゃないんだ。少し前に秘書が退職しているんだが、調査した結果、それも青井が絡んでいたとわかった。彼女は思い通りに事が運ばないと、さっきのようにヒステリーを起こす。あれはもう病気だな」

殴って相手が怪我をすると、すぐさま弁護士を使い慰謝料で黙らせる。口止めに脅迫。そんなことを繰り返していたらしい。

「そうだったんですか……」

コーヒーを杏香の前に置いた颯天は「すまなかった」と、杏香に頭を下げた。

「青井の本性を炙り出すためとはいえ、お前を巻き込んでしまった」

「あ、いえ――大丈夫です。専務が助けてくれましたから」

ふっと笑みを浮かべた彼に杏香も笑みを返す。

「だけどな、杏香。耐えようとしないで、遠慮なく殴り返してよかったんだぞ?」

それには思わず笑った。

「そんなことをしたら大問題になるじゃないですか」

「お前が起こした問題なら、俺が全部捻り潰すから心配ないさ」

「またそんな」

颯天の俺様発言にまた笑いながら、胸が熱くなる。

彼ならば、本当に守ってくれるだろうから……

騒ぎも一段落した昼過ぎ、秘書課の先輩に聞いたところによると、光葉はそのまま退社したらしい。専務の執務室での騒ぎは公にはなっていないようで「何があったのか、泣きながら帰ったのよ」と彼女は首を傾げていた。

これからどうなるのだろうと、心がざわついたまま迎えた退社時間――

「えっ？　専務の家にですか？」

「ああ、念のためだ」

どうやら会社を出た光葉は、自宅にも帰らず行方をくらましたらしいのだ。

「青井の件が完全に解決するまで、頼むから俺のマンションにいてくれ」

真剣な表情でそう言われたのもあるが、杏香自身も正直怖かった。完全に逆恨みだが、あの怒りを一人でいるときにぶつけられては、今度こそどうしたらいいかわからない。

「有給休暇を取って、俺の部屋で少し休むといい」

「わかりました……」

荷物を取りに二人で杏香のマンションに行くと、杏香の部屋の玄関ドアに、鉢植えの花が叩きつけられて割れていた――

ショックで立ちすくむ杏香に颯天が寄り添う。

「ここは任せて。さあ、荷物を」

「はい……」

颯天が割れた鉢植えの花を片付け、杏香が荷物をまとめていると隣の部屋の住人が声をかけてきた。一時間ほど前に激しくドアを叩く音の後、ガシャンと何かを叩きつけた音がしたという。逃げていく犯人はフードを被っていたそうだ。

恐かった。颯天が一緒じゃなければ、どうしていいかわからず途方に暮れていただろう。

「大丈夫か？」

「はい……」

「弁護士に連絡しておいたから、後のことは心配ないからな」

ドアは傷ついていたので大家にも連絡しなければならないと思っていたが、彼のひと言でホッとする。礼を言い、努めて笑顔を向けようとしたが、頬のこわばりは隠せない。

犯人が誰なのか、見当がつかないわけじゃないが、二人とも口にせず、移動中タクシーの中でもずっと、杏香は彼の腕の中にいた。

幸い今日は金曜日である。解決するまで、休みを挟み数日有休を取ることになった。

不安は消えないが、それでも颯天のマンションに入った途端に心から安堵できた。今の杏香にとって、世界で一番安心できる場所はこの部屋だ――

杏香の部屋から持ってきた食材で、夕食は鍋にした。白菜などの野菜の他は春雨や鶏肉というシンプルな鍋だが、二人で食べるからか意外なほどおいしくて、彼も大いに食べた。

「最後は溶き卵を入れて、雑炊にしましょう」

「ああ、それもうまそうだな」

食事が済むと、彼は片付けを始めた。

「私がするのに」

「いや、今夜は俺がやるから座ってて」

俺様なくせに、どこまでも甘やかし上手だから困る。

「大丈夫です」

笑いながら彼の手から皿を取り上げて、食洗機にセットすると、彼は後ろから覆い被さるように抱きしめてきた。

「お前がここにいると、それだけでホッとする」

「――専務……」

ふと横を向くと、そのまま顎をすくい上げられて唇を奪われた。

「ダメですよ……」

「何が?」

何もかも――そう思うのに、抵抗できない。

この不安を彼の熱に溶かしてほしくて……

重なる唇が強く深くなっていくほどに、体の奥が痺れていく。

「杏香……」

耳元で囁きながら、颯天の手はスカートをたくし上げ、そのまま杏香の下着に滑り込んだ。

「あっ……ダ、ダメ……」

抵抗する間も与えられず、早くも蜜が溢れ出す。それを確かめるように前後する颯天の指先に合わせ、手で押さえた口から声が漏れてしまう。

「あっ……あ……そこは……はんっ……」

「可愛いな、お前は」

こうなってはもう抗う術はない。すがりつくように颯天の首に手を回した。

颯天は応えるようにキスを落とす。

何度も何度も、角度を変えながら繰り返されるキスに夢中になりながら思った。

今夜だけ――何度そう言い続けただろう。

それでも今夜だけ、すべてを忘れ、彼に甘えたい。何もかも受け止めてほしい――

「専務……私を愛して……」

「ああ、もちろんだ」

望んだのは愛の言葉だったけれど、やっぱり彼は言ってくれない。

それでもいい。いつか、この愛を捨てるのは私――そんな杏香の細やかな強がりを知ってか知らずか、颯天の甘い愛撫は熱を増していく。

ブラウスの胸元のボタンはいつの間に外されていたのか、ブラを下ろされて剥き出しになった胸に彼は吸い付いた。再び足の間に伸びた彼の指は、くちゅくちゅと粘るような音を立てて、杏香の蜜口を緩めていく。

「はぅ……うっ……」

息を呑んだ瞬間に、中へと滑り込んだ指が左右に、上下に蠢く。まるで生き物のように。

「い、いゃ……」

「お前はここが弱いな」

言わなくてもいいのに、杏香のすべてを知っている彼は正確にその場所を探り当てる。

どんな風に胸を攻められ、どんな風に触られたら気持ちいいのか。何もかもを杏香の体に教え込んだのは彼だ。

「ああ……っ」

激しくなる唇と指の動きに耐えきれず、杏香は堪らず嬌声を上げた。

ガクガクと震える杏香の頬にキスをした颯天は、そのまま杏香を抱き上げた。

「続きはベッドでな」

「で、でも……お風呂に」

颯天は笑って「今更だろ」とキスをする。

「俺はお前の匂いが好きなんだ」

ベッドに横たえられて、シャツを脱ぎ捨てる颯天から目が離せなかった。彼は合間を見てジムで鍛えている。筋肉がはっきりとわかる胸板とお腹。そして――

すでに大きくなった彼のものが目に入り慌てて目を逸らした。

「悪い杏香。今夜は我慢できそうもない」

言うなり腰を抱えるようにして、彼は熱の塊を押し付けてきた。

恥ずかしいほど濡れているのは自分でもわかる。抵抗を見せることなく、杏香の体は彼の熱を受け入れていく。

「あっ……うっ……ああ……」

圧迫される感覚に息も絶え絶えになり、精一杯息を吸いこんだときには、すっぽりと彼を包みこんでいた。

一つになった杏香の上半身を、颯天は抱き上げてキスをする。

「お前は俺のものだ――」

その言葉はまるで呪文のように、杏香の胸を熱くする。

耳元で囁くように「俺もお前のものだ……」と言われ、ピクリと中が動いた。

「うれしいか?」

まるでご褒美のように彼は繋がった部分に手を伸ばし、杏香が弱いところを刺激して、みっちりと彼を加え込んだ蜜道がキュウキュウと彼を締め付ける。

「こら、締めるな」と笑われた。

そう言われても体は言うことを聞かない。颯天の指の動きに合わせ淫らな音が恥ずかしいほど耳に響き、襲い来る快感の波に、ひくひくと蜜道が悲鳴を上げる。

「あっ…だって……そんな……」

後ろにのけぞって、まるで捧げるように突き出された杏香の胸の頂を、颯天の舌が蹂躙する。ときには軽く歯を立て、ピチャピチャと音を立てて——

足の付け根に伸びたままの指は、尖ったそこを弄ぶのを止めない。前後左右に蠢き、堪らず腰がイヤイヤと動くも、彼の指はどこまでも追ってくる。

「さあ、イッていいぞ」

「うっ……あっ——もう……」

くちゅくちゅといやらしい音を立てるのは、彼の舌なのか、杏香から溢れる蜜なのか、もう何もわからない。一際彼の指の動きが早くなったと同時に、杏香の口から嬌声が漏れた。

「あ……もう……い、やぁ——……」

二度目に訪れた絶頂に、蜜口が激しく痙攣し、ぐったりと颯天に体を預けて倒れ込んだ。

「気持ちよかったか?」

弛緩する杏香をしっかりと抱きしめて、颯天はよしよしと言わんばかりに杏香の首筋にキスを落とす。

それで終わりではない。満足そうに言った颯天の熱に満ちたものは、はち切れんばかりに杏香の中で大きいままだ。

彼は、ゆっくりと腰を動かし始め、熱く咥え込んだ粘膜が新たな快楽を呼ぶ。

「くっ……あっ……ああ……」

「さあ、いくぞ」

最初は確かめるように、やがて激しく腰を打ち付けられて、夢中で思った。

(そうよ、私は専務のもの……ああ、専務——私を、離さないで……)

＊＊＊

ひと仕事片が付いたと思ったら、今度は出張だ。

体がいくつあっても足りないなと颯天は深いため息を吐く。

だが、疲れたといって振り返る暇はない。立ち止まれば、それは後退することと変わらないのだから。

「これは白子だ。うまいぞ」

「へえ、天ぷらか」

仁が差し出した小鉢には白子の他、まいたけやししとうの天ぷらが盛られている。他には鯛のアラと大根の煮物やカニの茶碗蒸しなどが並ぶ。

ここは颯天行きつけの店『氷の月』。仕事帰りに食事がてら立ち寄った。

「どうした？　浮かない顔だな」

「ああ、ちょっとな……」

青井光葉には裏の顔がある。

それがわかってきたのは光葉が入社して半年後くらいからだ。

将来有望な若い女性秘書が次々と退職した。全員が何かに怯えるように固く口を閉ざしたが、秘書課長がそのうちの一人を説得して事情を聞き出した話によると、原因は光葉のいじめだったという。

書類の破棄や嘘の情報伝達。「使えない女」「クズ」「早く辞めなさいよ」と女子トイレで二人きりになる度に罵られたそうだ。

彼女たちがいざ退職すると、これまで光葉から受けたいじめを口外すればどこにも転職できないようにしていると脅迫してきたらしい。しかも、脅してきたのは本人ではなくガラの悪い男だという。

証拠を得ようにも、女子トイレでは監視カメラを置くわけにもいかない。被害者本人が訴えない限り、どうにもできなかった。

ただし、光葉には弱点もあった。怒りのスイッチが入ると感情を抑えられないのだ。

杏香の席の移動はそれを炙り出す目的があった。まんまと引っかかったのはよかったが、杏香にはかわいそうなことをした。

光葉に殴られそうになっていた杏香を思い出し、颯天は拳を固く握る。

「あの女、今度俺の前に現れたらただじゃおかない」

「ん？　誰？」

「青井光葉」

「ああー」

颯天がいまいましげにグラスの酒を煽る横で、仁が苦笑する。

「さすがに懲りただろ。光葉のせいで父親の頭取の話まで危うくなってるらしいからな」

光葉の父親は盲目的に娘を信じ、杏香の実家にまで手を伸ばした。よく事情も調べず娘の悪事に加担したのだ。許されていいはずがない。

「あいつが颯天を敵に回したという噂は広がったし、もう日本に帰ってこないんじゃないのか？」

マスターが「口直しにどうぞ」と、殻付き牡蠣を差し出した。大振りで実がふっくらとしている。

早速口にすると、まったりとした旨味が口の中いっぱいに広がった。

「それで、杏香ちゃんには告白したのか？」

「いや、まだだ」

「えー、お前、そんなんだと本当に逃げられるぞ」

うるさそうに仁を睨む。

「順番があるんだよ」

「ってことは、まだあるのか縁談」

「ああ」

縁談が解決する前に杏香との交際が父の耳に入れば、何かと面倒だ。

今はまだ杏香との仲を有耶無耶にしているゆえ、父も何も言ってこない。杏香も坂元に聞かれても別れたというスタンスを崩していないから問題ないはずだ。

颯天はそれを承知の上で、今の状態を貫いている。

もちろん、いつまでもこのままえいいとは思っていない。グラスを揺らし、丸い氷にバーボンを絡め、杏香を思い浮かべた。

このまま部屋にいたらいいと言ったが、彼女は出て行った。明るく笑って――

(杏香はまだ俺から離れられると思ってるな……)

バーボンを口にして、喉が焼け付くような感覚を楽しみながら考えた。

(まだ足りないか？　俺の愛情が)

「まあせいぜい、がんばれよ。もうすぐクリスマスが来るぞ」

「ああ、何も問題ない」

「ほぉー、やけに自信たっぷりだな」

「当然だ」

必ず彼女の口から「離れられない」と言わせてみせる。

颯天は密かに心に誓い、ニヤリと口元を歪めた。

＊＊＊

「はぁ……」

マフラーの上から吐いた杏香の白い息が、漂いながら消えていく。

杏香が有給休暇を取ってる間に光葉は無事発見され、マンション入り口にあった防犯カメラから、鉢植えを投げつけた犯人が彼女であると特定された。鉢植えは元々マンションの玄関にあったもので、光葉は衝動的に手に取ったようだ。

双方の弁護士と彼女の両親同席の元で彼女は謝罪文を書いた。警察沙汰にしない代わりに、慰謝料を払うと弁護士を通して言われたが、杏香は断った。二度とあんなことはしないと約束してくれればそれで十分だ。

そして光葉はもう東京にいない。あの後、彼女は日本を離れカナダに行ったそうだ。平穏な日常は戻り、彼女に投げつけられて鉢から零れ出た可哀想なパンジーも、植え替えられて静かに花を咲かせている。

そして杏香は、彼のマンションを出た。

ずっといたらいいじゃないかという彼の誘いを、残っていた理性を総動員して振り切った。

「専務と秘書なんですから、ダメです」

「そうか？」

「そうですよ。公私混同していたら、社員の信用を失いますよ？」

言わなくたってわかるだろうに、どういうつもりなのか。彼は肩をすくめて笑うだけ。

どうして私の存在を隠そうとしないのかと、杏香の胸は疼いて仕方がない。

つらつらと考えながら歩いていた帰り道、ふと大きなクリスマスツリーが目にとまり、杏香は立ち止まった。

慌ただしい日々を送るうち、いつの間にか迎えていた年末の師走。クリスマスが来る。

ツリーを見つめても、それほど心は苦しくはない。一年前クリスマスを前に彼の態度に傷ついた痛みも、いつの間にかすっかり和らいでいる。

三日間も濃密な夜を過ごしたとあって彼のマンションを出るには勇気がいった。

自分の部屋に帰れたのは、彼は今日、一泊で名古屋に出かけたからだ。そうじゃなければ、ずっと彼の部屋に居続けたかもしれない。出張がなければ、きっと……

彼を忘れる自信がない。

勘違いしちゃいけないとわかっている。助けてもらったのをいいことに、いつまでも引きずってはいけないのに。

まずい。これはもう本当に良くない状況だと重いため息を吐いたとき、ふいに風が吹き抜けた。

冷たい風が心の中まで入り込んでくるような気がして、杏香はマフラーを巻き直す。

さあ自分の部屋に帰ろう。

どんなに素敵でも、夢は所詮ただの夢なのだ。そう思いながらマンションについた。

「ただいま」

暗い部屋に電気を点ける。

颯天と一緒に荷物を取りに帰ってきて以来の帰宅で、部屋はまるで外のように冷え切っていた。

ひとまず着替えてお風呂を沸かす。

夕食はコンビニで買ってきた一人用の鍋を、電子レンジで温めて食べたけれど、食べながら二人で食べた鍋を思い出し、早速悲しくなり箸が止まる。

スイッチオンと簡単に元の生活に戻れない。食材を補充して再び自炊生活に入るのは、もう少し元気になってからにしようと思う。

彼の部屋はいつも暖かかったせいか、なおさら寒さが堪えた。

エアコンが十分に効いてもお風呂に入っても、鍋を食べ終えても。心に吹きすさぶ冷たい風はどうにもできない。

テレビをつけてお笑い芸人が出ているバラエティでチャンネルを止めてはみたが、少しも笑えなくてテレビを消す。

色々あったせいで、今は間違いなく疲れている。とにかく寝ようと、早々にベッドに潜り込んだ。早く起きられたら、お弁当におにぎりでも作ろう。具は梅干しとふりかけでいい。瞼を閉じてそんなことを考えてみても、なかなか眠気は訪れない。

たった三日。されど三日。彼への想いを再認識するには十分過ぎる長い時間だったらしい。熱いお湯を入れた湯たんぽを抱えても、彼の代わりにはならないと知った。

それでもいつしか眠りにつき、明日なんて来なくていいと思う杏香にも、朝は平等に来た。

涙で浮腫んだ瞼を蒸しタオルで治し、おにぎりを作る元気はやっぱりなくて、コンビニでサンドイッチを買い、生気のないままトボトボと出勤する。

一人きりの執務室でぽつんと座り、コーヒーを飲み始めたときだった——

「届け物？　ですか」

秘書課長からいきなり出張命令が出たのだ。

「ええ。データを送ることも考えましたが、識別して印刷してという手間すら惜しいんです。お願いできますか？」

「——はい。わかりました」

昨日から名古屋に出張している颯天には、男性秘書の伊東が同行している。

ところが急遽、追加資料が必要になったらしい。万全を期して臨むための秘書同行であるのに、このようなことがあるのは珍しい。

だが、本来同行するはずの秘書課長が他の仕事で行けなくなり、慌ただしい中でミスは起きてしまったようだ。

原因はともかく、杏香が資料を持参することになった。

今から新幹線に乗り、タクシーで伊東が待つコンベンションホールに行き、書類を届ける。

ネットで目的地までの所要時間を検索してみても、会議の一時間前には到着できるはず。とるものもとりあえず、秘書課長に渡された資料を持って杏香は駅に向かった。

向かう新幹線さえ間違わなければ、それほど心配する出張でもない。慎重に慎重を期して、乗る前に駅員にも確認し、無事新幹線に乗った。

何しろ極度の方向音痴だ。初めて入る百貨店などはもう大変で、入った入口に戻るつもりが、全く別の出口にたどり着いてしまい、異世界トリップ状態になってしまう。そんな調子なので、滅多に乗らない新幹線に無事乗れるかどうかすら不安だったのだ。

「ふぅ」

座席に座り、ようやく肩の力が抜けた。

ホッとしたところで、車内販売のコーヒーを買う。今朝、コンビニでお昼に食べるつもりで買ったサンドイッチを朝ごはんにした。起きるのがやっとで食欲がなく、何も口にしていなかった。

睡眠不足もあるし、うっかり寝過ごしてしまっては目も当てられない。ブラックコーヒーを手に外の景色を眺める。

颯天の出張先に向かうと思うだけで食欲が湧き、元気が出る自分に困ったものだと思うが、気持ちは思い通りにはいかない。

今までも散々思い知らされているが、それでも頑張って気を取り直し、別のことを考える。

新幹線に乗るのはいつ以来だろう？

社会人になって旅行らしい旅行はしていないし、総務の仕事では出張もない。となると、子どもの頃の修学旅行以来か。

杏香の実家は旅館ということもあって、観光シーズンは客を迎える立場であり、家族旅行にはなかなか行けなかった。大学生時代の夏休みや冬休みも実家に帰って手伝いをしていたので、旅行には縁遠い。

なので、新幹線に乗るだけでも胸弾む体験だ。出発を待つ間に駅で買ったチョコレートやお菓子を取り出せば気分はもう名古屋旅である。

車窓に目を向けると、建物の間の狭さがやたらと目について、どうやって建てたのだろうと感心したりする。杏香の実家は田舎の温泉地にあるので、観光ホテル以外のビルはなかった。ゆったりとした敷地に家が建っている環境で育っているので、都内に来たときは色々と戸惑った。

大学四年間耐えられるかと心配だったけれど、今やすっかり馴染んで蜂の巣のような都会でひしめきあっている。卒業と同時に田舎に帰るつもりが就職し、全く縁がないはずの、誰よりも都会的な男性を好きになってしまった……

そのままぼんやりと景色を眺めていると、街並みがゆるやかに変わっていく。

視界を遮っていたビルが少しずつ数を減らしていき、雲に霞んだ彼方の山が見え、奥へと広がる畑が見えてくる。開けた景色を見ていると開放感が胸の内にも広がっていく。

彼も景色を眺める余裕はあっただろうかと思い、胸の奥が疼いた。

「肩揉みしてあげますよ、さあさあ背中向けて」

彼の部屋で過ごす間、頼まれてもいないのに毎晩必ずマッサージをしてあげた。

忙しくても、習慣として軽いストレッチやちょっとした筋トレをしているせいなのか、肩が凝り固まったりはしないらしい。それでも杏香が肩やら背中を揉んであげると、とても気持ちよさそうなため息を吐く。

「ああー、気持ちいいな」

「毎日会議続きですもんね」

会議に次ぐ会議。専務として彼が会う相手は、もちろん友達じゃない。狸（たぬき）の化かし合いのような取引先との会合や、皆が彼の出す結論を待っている社内会議。働きずくめで、本当に大丈夫なのかと心配になってしまう。

彼の中の何かがプッツリと切れてしまったらどうしようと、時々不安になる。そんなことを言ったら、〝お前が俺を可哀想って？　冗談だろ？〟なんて笑い飛ばされてしまうだろうけど。関係が変わったからといって心配なものは心配だ。

彼にはいつも元気でいてほしいし、幸せでいてほしい。

あれこれ考えているうちに、新幹線は名古屋に到着した。

無事タクシーにも乗ってすべて順調だ。次の関門は無事に伊東と会えるかどうかだったが、タクシーを降りて、コンベンションセンターの正面玄関に向かうと、伊東が歩いてくるのが見えて、ホッと胸を撫で下ろす。

コンベンションセンターが見えてきたときに送ったメッセージを見て、すぐに来てくれたのだろう。

「すみませんね、樋口さん。急で大変だったでしょう？」

申し訳なさそうに伊東は両手を合わせる。

「いいえ良かったです。無事届けられて。いい気分転換になりました。お疲れ様です」

そこには颯天の姿はなかった。

会食がてらの会議中で、手が離せないらしい。この後も何だかんだと二時間近くはかかりそうだというので、杏香はこのまま先に帰ることになった。

せめて彼の顔だけでも見たい——後ろ髪を引かれる思いで振り返ってみたが、すでに伊東の姿もない。

仕方なく気を取り直し、その場を離れる。

会えなくてよかったのだ。会ってしまえばまた、心が動かされるのだから。

ふとロビーの一角にカフェが見えた。今日はもう会社に戻る必要はない。以降は自由時間なので、カフェで一休みする。カプチーノを頼み、課長に無事届けた旨のメッセージを送って、すべての任務は終了だ。

やれやれと大きく息を吐く。

せっかく名古屋まで来たのだし、観光地に行く時間的余裕はあるが、そこで迷ってしまってあたふたする自分が容易に想像できて、とても行く気にはなれない。とりあえず駅まで行って切符を買い、安心できたところで、駅周辺でのんびりしようと決めた。

ランチタイムなのでお腹も空いた。カフェに軽食はあるがせっかくならひつまぶしを食べたい。味噌煮込みうどんもいいな……などとわくわくしながら杏香はタクシーに乗った。

「名古屋駅までお願いします」

「はい。了解です」

これで一安心と気を抜き過ぎたらしい。いつの間にか寝てしまっていたようで、「お客さん」と呼ばれて目を覚ました。

「あ、すみません」

「どうしましょう。この先で大きな事故があったみたいで、ご覧の通り渋滞なんですよ。もうすぐなので、歩いたほうが早いとは思いますけど、どうしましょう？」

周りを見れば、前も後ろも動かない車が続いている。

「あ……。もうすぐですか？」

「はい、このまま道なりに、そうですねー、十分もかからないなぁ、五分も歩けば着きますね」

「道なりですね？」

「ええ」

ギリギリまで迷ったが、運転手に勧められるまま結局タクシーを降りた。道なりならば心配ないだろうと思いつつ、念のためスマートフォンのナビをセットする。

ところが、ナビが途中で左に曲がれという。

「え？　道なりじゃないの？」

車と徒歩だと最短距離が違うということか？　勝手に納得しながらナビを頼りに歩いた結果。

「何でこうなるの」

かれこれ二十分は歩いただろうか。ナビどおりのはずが路地から路地へとわけのわからない道を進み、気がつけばスマートフォンの充電が残り十五パーセント。

何しろ急な出張だったので、充電器は持ってきていない。命綱のスマートフォンを生かしておくためにこれ以上は使えない。コンビニで充電器を買おうと思っても、見える範囲にコンビニもなかった。

やむなくナビを止める。そもそもナビゲーションというのは、地図が読める人用のものなのだ。きっと、とため息を吐く。

（ナビが言うところの「その先」ってどの先なわけ？　十メートルってどれくらいなのよっ！　自慢じゃないけど、私はちょっとやそっとの方向音痴とはわけが違うんだから、あと何歩ってちゃんと教えてくれないと！）

スマートフォンに散々八つ当たりをしていると、ぐぅ……とお腹が情けない音を立てた。

本来なら今ごろ駅ビルのどこかで名古屋メシにありついているはずなのに。そう思うと情けないやら悲しいやらで、空腹感が増してくる。

「お腹空いたなぁ……」

とにかくどこでもいい、店に入ってそれから考えよう。迷ったとはいえ駅周辺にいるはずだと、方角も気にせずキョロキョロと飲食店だけを探して彷徨い歩いた。

何だかんだで既に三時半。ランチタイムはとっくに過ぎている。店を見つけても準備中の札が下がっていた。

それでもようやく見つけた店は、昔ながらの喫茶店という感じの店だ。

「いらっしゃいませ」

五十代と思われるにこやかな店員さんの笑顔が、天使か女神に見える。

メニューにはひつまぶしも味噌煮込みうどんもなかったが、さすが名古屋メシ。他にも色々あるようだ。写真の中から、味が想像できるおいしそうなものを選んで注文した。

ほっとしたところで、改めてメニューに記された店名と略図を見ると、駅まで徒歩五分と書かれていた。

「はぁ」

自分に呆れてため息が出る。

コンベンションホールで颯天たちに同行し、一緒に帰る選択もあった。

『せっかくですから、自由時間を楽しんでください』

伊東がそう言ってくれたのは好意だし、それを断ってまであの場に残る意味はないと思った。あのときは——

でもやはり、残るべきだった。

会議に参加し、話がわからなくても、少しでもわかろうという気持ちがあれば得るものはあったはず。人を覚えるだけでもそこにいた意味がある。一度でも挨拶を交わしていれば、次に会ったときの印象は随分違ってくるのだから。

要はやる気の問題だ。彼に変に遠慮しているあたり、自分こそ公私混同ではないか。挙げ句の果てに、いまだ駅に辿り着けないとは。情けないったらありゃしないと自分に呆れる。

おまけに履き慣れていないパンプスのせいで、踵が痛かった。

そっと靴を脱いでみると、靴擦れで赤くなっている。まさに弱り目に祟り目だ。

（大丈夫よ。ここは日本なんだもの、人に聞きながら進めば駅に行けるわ）

自分を慰めていると、良い匂いがしてくる。

「お待たせいたしました」

目の前に置かれた料理に思わず「おいしそう」と声が出た。

鉄板の卵焼きの上にナポリタンが乗っている。初めて見るタイプのナポリタンは、まさに砂漠で得た水だ。早速食べてみると、泣きたくなるほどおいしくて、体も心も温まってくる。少し元気が出てきてところで、食欲に身を任せ無心で頬張った。

こういうときは、どうせ何をやっても上手くいかないものだと開き直る。

勢いついて、小倉あんがたっぷりと乗ったパンケーキを追加注文し、ほっとひと息吐く。

時計を見れば夕方の四時十分。さて、これからどうしよう。

ここからタクシーを頼んだところで、駅から近すぎると断られるだろう。ひとまず、お店の人に駅までの道を聞いてがんばるしかないか……

さて、今夜のうちに家まで辿り着けるのでしょうか、私……と再び心細くなったところで、スマートフォンが鳴った。

着信は颯天からだった。

ドキッと胸が跳ね上がる。

これは救いの神なのか、悪魔の悪戯なのか。ともかくも電池の残量は少ないので迷う暇はない。

スマートフォンを頬に当てて小声で出た。

「もしもし……」

『今、どこだ？』

颯天の声を聞いただけで、安心感から泣きたくなる。

「えっと……」

『まだ新幹線に乗っていないのか？』

「はい……」

『で？　どこにいる？』

反射的に通りを見たが、見たところでさっぱりわからない。

「き、喫茶店、です」

『道に迷ったのか？』

図星を突かれ、うっと息を呑む。

「――はい」

颯天に促されるまま、メニューに書いてある店の名前と住所を告げた。

『今から行くから、そこを動くなよ』

「はい」

（はい――専務。助けてください）

悪魔でも何でもいいですと、藁にも縋る思いで心密かに手を合わせた杏香の元に、颯天が現れたのはほんの十分後。杏香が追加で頼んだパンケーキを食べ始めたところだった。

カランカランと明るい音を立てて、彼は颯爽と入ってきた。

「いらっしゃいませ」

少なくとも今は悪魔ではなく白馬の王子である。

ダークスーツにグレーのコートを羽織った王子は席につくと、メニューを見ずにコーヒーを頼んだ。

「すみません……。あの、伊東さんは？」

「先に帰ったよ。戻ってすることがあるからな」

「そうですか。一緒に帰るところだったんですね、すみません」

恐縮しきりの杏香を見ながら、クスクスと颯天は笑う。

「まあいいさ。届けてもらってそのまま同行するよう、俺が伊東に言っておかなかったのが悪かった」

ゆったりと構えた彼が目の前にいるだけで、こんなにも心強いなんてと、感心するやら胸キュンするやら。

「そんな、専務は何も悪くないです。私が間抜けなだけで」

「別に間抜けじゃないだろう？　筋金入りの方向音痴なだけで」

あははと白い歯を見せる颯天は、何気に優しい。

彼は杏香の方向音痴がどれほどのものなのかよくわかっている。以前、杏香が行ったことがないホテルのロビーで待ち合わせたときに、やらかしたからだ。

思えばそのときも彼は怒らなかった。『驚異的な方向音痴だな』と笑ってギュッと抱きしめてくれただけだ。

「それにしても、どら焼きみたいなパンケーキだな」

「え？　おいしいですよ？　食べてみます？」

彼はスイーツ男子ではないし、どう考えても口にはしないだろう。いらないと答えるとわかっていても、何となく言ってみただけだ。

なのに、前屈みに身を乗り出した彼はアーンと口を開ける。

（えっ？）

ギョッとしたものの、言った手前スルーはできない。恐る恐る颯天の口に餡子と生クリームが乗ったパンケーキを入れてみた。

その間、彼はじっと杏香を見つめたまま、瞬きもしない。

そんなに見ないでくださいよと、ドキドキしながら差し出した手もとが狂い、唇にクリームがついてしまった。

「あ、ごめんなさい」

ペロリと唇を舐めた彼は、目を細める。

「罰として、今日は俺のマンションに泊まること」

「えっ」

「心配かけた罰だ」

このタイミングで言われては言い返せない。

ずるいんだから……と文句を言いつつも頬が緩んでしまう。行かなきゃいけない理由を欲しがっているとは思いたくないが、強引でも来いと言ってもらえるのは、とてもうれしかった。

どうしようもないくらい心細かったのだ。

今の自分は弱っているから、と自身に言い訳をする。

逃げるのは元気があるときでいい……

パンケーキを食べ終わり、さあ行こうと立ち上がった一瞬、杏香が苦痛に顔を歪めたのを彼は見逃さなかった。

「どうした？　靴擦れしたのか？」

「大丈夫です。ほんのちょっとだから」

「見せて」

「いやいや、大丈夫ですって」

血が滲む足を見られたくない。せめてトイレで絆創膏を貼ってからと思うのに――

「いいから座って」

屈んだ彼は杏香の足首を掴んでそっと持ち上げた。

恥ずかしさでいっぱいだがどうしようもない。首筋まで赤くして、なすすべもなく靴を脱がされるのを見下ろしていた杏香は、次の言葉を聞いて仰天した。

「背負っていく」

「えっ？　い、いやいや、ありえませんって！　絶対ダメです！」

何とか必死に断った。

「絆創膏持っているんで貼ってきます」

「わかった」

トイレで応急処置をして、戻ると彼は会計を済ませていてくれた。

「すみません。重ね重ね」

「今更だ」と笑われる。

本当にその通り。何だかんだと、いつも颯天に助けられてばっかりだ。

「大丈夫か？」

「はい。絆創膏を貼ったから」

痛いけれど、さっきよりはいくらかましだ。時間があるなら駅ビルで靴を買って履き替えれば楽だけれど、彼の都合があるだろう。

いつの間に呼んだのか、店の前でタクシーが待っていた。

駅からこんなに近いのに断られるのではと不安だったが、無用な心配だったようだ。釣りはいらないと颯天が渡した一万円札を前に、運転手は文句ひとつ言わなかった。

ものの数分で駅に着くと、タクシーにそのまま五分ほど待っているよう告げて、下りようとした杏香も止められた。

「このまま中で待ってて」

「あ、はい」

今度は何だろうと戸惑いつつ待った数分後。彼は紙袋を下げて戻ってきた。

「さあ、これなら踵（かかと）がないから大丈夫だろう」

颯天が紙袋から取り出したのは靴。甲のところにフワフワのファーがついた、ドレッシーで素敵なミュールだった。

「ありがとうございます」

「どうだ？　歩けるか？」

「はい！　もう全然平気です」

にっこりと微笑んだ彼は杏香の腰に手を回す。

誰かに見られちゃいますよ？　と思ったけれど、ここは名古屋。少しくらい羽目を外しても平気なはず。

「せっかくだから、何か買ってあげよう」

「ええ？　いいですよ」

秘書用の服だってたくさん買ってもらってる。

「いいんだ。俺が買いたいんだ。泊まるのに着替えだって必要だろう？」

「えっ、着替えって」

「下着とか、下着とか」

「専務のエッチ」

あははと笑い合って楽しくて、止められない。

どうしよう、大好き！　と、杏香は心で叫んでいた。

愛してるって言ってしまいそうで、そんな自分に、杏香は泣きたくなった。

度重なる吊り橋効果に抗うには、いったいどうしたらいいのだろう？


そしてその夜、呆気なく杏香はまた彼の腕の中にいた。

あきらめ半分、うれしさ半分。

今夜は特別だ。助けてもらったお礼に快楽という名のプレゼントをするため。そう思えば、いくらか気が楽だった。

キスを繰り返しながら思う。明日なんて来なければいいのに。

「杏香、何を考えてるんだ？」

揺れる気持ちを見透かすように彼がじっと瞳を覗き込む。

「まだそんなに余裕があるか」

ニヤリと目を細めた彼に見据えられ、それだけで体の芯が熱くなる。

「余裕なんて、ないですよ……」

心も体もいっぱいいっぱいだ。

だからお願い。そんな風に焦らさないで。

「嘘だ——何も考えられないように、しないとな」

胸に吸いつく彼の舌が速度を増して、長い指先が器用に膝を割る。

彼がふざけて買った黒いレースのベビードールは、あまり着衣の意味をなさなくて、杏香の白い肌が露になっている。ベビードールとお揃いの黒いショーツの中に、少しずつ指が伸びていく。くちゃと響いた水音が、杏香の羞恥心を高め、また新たな蜜を滴らせる。止めたいのに恥ずかしいと思うほどクチュクチュと音は大きくなっていき、まるで早くあなたが欲しいと訴えているかのよう。するりと中に入り込んだ彼の指が、ここだよなと言わんばかりに刺激する。

「あ、っあ……や」

彼は何だってわかっている。どこをどんな風に触れれば、杏香がどんな反応を見せるか。

「や、やめ、て……」

そして、杏香のやめてと言うセリフが、実はやめないでという心の叫びであることも――

＊＊＊

「なぜって？　それはお前が逃げるからだろ？」

「へ？」

そんな理由かと、杏香は言葉を失った。

「逃げるものを追いかけるのは――あれだ。太古の昔からの動物の習性じゃないか？」

何を言ってるんだろうこの人は。と呆れるしかない。

「じゃあ、逃げなければ？　その後どうなるんですか？」

颯天は首を傾げる。

「うーん。どうだろうな。そのときになってみないとなぁ」

とぼけた言い草に目眩がしそうになる。

「まぁとにかく、お前がそうやって逃げようとする以上、俺は追いかけるぞ」

「そんな……」

「逃げたきゃ逃げていいぞ。ただし言っとくが、俺はどこまでも追いかけるけどな。地球の裏側だろうが、火星だとしても」

悠然とソファーに座っている颯天は、クックッと楽しそうに笑う。

捨てられるのが怖いなんて思っていたうちはまだよかった。

（この男、やっぱり悪魔だ……）

心配かけた罰だとか言われて彼のマンションに泊まって、せっせとマッサージやら肩もみのご奉仕やらをして。

着るのも恥ずかしいスケスケのベビードールを着て、スキンシップの先は当然のように——あれやこれやと完全に彼のペースに巻き込まれてしまったわけだけど、どうこう文句を言える立場ではないので、夕べのことは仕方がなかった。と、思う。

昨夜は特別だ。

だってまた助けてもらったお礼なのだから。

確かに、仕方がなかった。うんうんと杏香は自分に納得する。

「じゃあ、今夜だけ、ね？」

昨日の恩は昨日のうちにと、したいようにさせてあげて、熨斗をつけてたっぷりとお返しした。

それで貸し借りはチャラになったわけなので、もうここには来ないと誓ったのである。

だから今朝、朝食をとった後に鍵をそっとテーブルに置いた。

そして、注意深く言ったのだ。

「では、もう来ないようにしますね」と。

すると彼はフッと口角を挙げて言った。

「どうせまた来ることになるぞ」

何よそれと、杏香も負けじと言った。

「でも私、もうこんな風に会わないほうがいいって、話しましたよね？　専務と秘書という関係なんですし」

もちろん彼は覚えていて、「ああ」と頷き、それが何か？　とでも言いたそうな口ぶりだった。

「それならどうして、その……。私を突き放してくれないんですか？」

十分に言葉を選んで言ってみた。いっそのこと突き放してほしかったから。

こんなに色々助けてやっているのにふざけるなとか、何でもいい。いっそ激怒して会社をクビにしてほしいぐらいなのだ。

このままでは振り回されて、明日へと続く道さえ迷い人生まで方向音痴になってしまう。

(頼むから私を捨てて。しがみつく私を振り切ってでも、どこか遠くに放り投げて！)

今はまさにそんな感じの、進むも地獄退くも地獄、にっちもさっちもいかないところまできている。

切なる願いを胸に詰め寄ったのだ。さあ、冷たく突き放してください、私を！ さあさあと。

すると彼は、事もなげに答えたのである。

「なぜって？ それはお前が逃げるからだろ？」

この言葉を聞いた瞬間、杏香の中で何かがプチっと切れた。

こうなっている理由が逃げるから？ 太古の昔からの動物の習性だとでも言いたいのか？

嘘でもいい「愛してるんだ」とか、「やっぱり別れたくない。ずっと一緒にいよう」とか言えないんだろうか。

セフレじゃ嫌なのか？ ならまだわかる。もちろん受け入れはしないが。

ずっと一緒にいようという言葉を期待しているわけじゃない。ずっととか絶対とか、どんなに真剣に言われても却って悲しくなっただろう。哀しいかな、自分はもう現実を見据える大人になってしまったのだ。

(私たちに未来はない——それはわかっているの)

たとえそうでも、今の一瞬を永遠という串で貫くのが愛しているということではないのか。

忘れていた夢を、これだよと掴んで見せてくれるのが、愛ではないのか。

違う？ と心で問いかけた。

嘘でもいいから愛を語ってくれたなら、笑って、さよならできたのに——

「わかりました」

杏香はすっくと立ち上がった。

じゃあねとも言わずに、傍らのバッグを手にして部屋から出る。

リビングの扉を閉めても、玄関のドアを開けても、彼は追いかけても来ないし声も聞こえない。

何がわかったんだとも、どこに行くんだとも聞かないのは、お前がどうしようがどう思っていようが関係ないという、彼の答えなのだろう。

彼にとって重要なのは、自分の気持ちだけなのだから。

エレベーターに乗った杏香は太くて長いため息を吐いた。

この箱が落ちていく先は夢と現実との境目なのかもしれないと、唇を噛みながら思う。

彼がいる地獄は、苦しいけれども蜜のような夢でもあった。

言葉は横暴だけれど、大切にしてくれる。暴漢からは守ってくれるし、道に迷えば助けに来てくれる。優しい悪魔。

朝ベッドで目覚めると、抱きしめていてくれる。付き合っていく上で何の不満もなくて、これから先、よそ見をせずに彼のそばにいる限り結構幸せでいられるとも思う。

たとえそこに愛はなくただの執着だとしても、贅沢すぎる幸せといえるのかもしれないと、杏香は思う。

たとえば彼が自分に飽きるときが来たとして、それが十年後とか三十年後とかで、もう新しい恋を始めるのが難しい年頃だったとしても、万が一子どもができたとしたら、責任感の強い彼は、それなりの責任は取ってくれるだろう。

結婚はできないというだけで、彼なりに必要としてくれる。それだけでも十分なんじゃない？何が不満なの？

ぽつぽつと歩きながら、杏香はそう自分に問いかけた。

（でも、彼はいずれ他の人と結婚するんだよ？）

そう考えた途端に、また辛くなる。巨大な漬物石でも抱えたように、動けなくなるほど心が重たくなった。まるで悪霊でも背負っているかのように、冷え込んで、禍々しくどす黒い気持ちが、お腹の奥のほうから湧いてくる。

——やっぱり嫌だ。誰かと分け合わなきゃいけない愛なら、最初からない方がましではないか。

別れようと決意した理由もそこにあった。

なかなか切れない縁に心は揺らぐが、どんなに悩んだところで辿り着く先は変わらないのだ。何度も何度も考えて、いつもここで躓く。

嫌なものは嫌だ。その気持ちが揺らぐことはない。

そして出勤した今日は、花の金曜。

杏香はのんびりと自分の分のコーヒーを淹れる。

「ララ〜♪」

いつもの半分の時間で掃除は簡単に済ませ、ストレッチもして、歌なんかも歌ってみたりしながら始業時間を迎えるだけ。

平日なのに朝から彼に向かってあんな話を切り出したのには、ちゃんと理由がある。

颯天は朝から取引先へ直行だ。午後にならないと会社には戻らないし、その後も会議続きなので、気まずさなど感じている余裕はない。

案の定、彼が席についたのは午後三時。三十分後には次の会議が待っている。

「お疲れ様です」

コーヒーをデスクの上に置いた杏香は、早退を申し出た。

「すみません専務、何もないようでしたら早退したいのですが」

「ん？　体調でも悪いのか？」

彼はピクリと眉を歪めた。

「いえいえ、今日はこのまま実家に帰ろうと思いまして。この時期は忘年会やら何かと忙しいので手伝ってこようかと思うのです」

実家まで、在来線とバスを乗り継いで途中の待ち時間やらを考えても、この時間に出られれば宴会が行われている時間には到着できるだろう。

杏香の瞳をじっと見つめた颯天は、わかったというように頷いた。

ふふふと心の中で杏香は微笑む。

一人じゃ逃げ切れなくても、大丈夫。実家という強い味方があるのだから。

電車を待ちながら、ふと杏香は電話をしようと思い立った。

連絡なしで帰ったところで問題はないが、念のためかけてみる。

「もしもし。あ、お姉ちゃん？」

『ああ、杏香。ごめんねー、本当にありがとう。電話しようと思ってた』

感謝されるにはまだ早い。手伝うとも言っていないのに。

「今からそっちに帰る。で、ありがとうって？」

『あ、ごめん。ちょっと手が離せないの。帰ったらゆっくり話しましょ』

「うん。わかった」

何だろうとは思ったが、どうせ帰ればわかる。気を取り直して電車に乗り、景色に目を向けた。

車窓を流れる美しい夕焼けを見ながら、ふと思う。東京を離れて実家の手伝いをするのも悪くないかもしれない。

もともと旅館の手伝いは好きだったし、そう考えると、とてもいいことのように思えた。

所詮は田舎者、都会の男の人には敵わない。田舎者らしく狭い世界で生きていく方が自分には向いていると、一人納得しながら景色を見つめる。

街並みから田園風景へと変わり、バスに乗り換えたときにはすでに日没。実家の旅館に着いた頃には、すっかり夜の帳が落ちていた——

宿泊客の夕食の準備でバタバタと忙しい時間である。挨拶もそこそこに姉に声をかけた。

「電話で言ってたありがとうって何？　手伝いに帰ったと思った？」

「違うわよ、高司さんよ。もう、なんてお礼を言っていいか」

耳を疑った。今、姉は〝タカツカサ〟と言ったのか。

「え？　ちょっと待って、何の話？」

「助けてもらったのよ。あー、ごめん今忙しいから、後で詳しく話すわ」

「あっ、ちょ、ちょっと」

姉はバタバタと急ぎ足で行ってしまった。

高司さんとは、専務なのか？　もしそうだとすれば、彼が何かしたのか？

動揺しつつ杏香は手伝いをするべく調理場へ向かった。


その頃、高司家では帰宅した颯天を坂元が出迎えていた。

「例の件、すべて手配は完了しました」

「そうか。何とかなりそうか？」

「ええ、歴史のある建物ですし、コンサルタントの話では高級路線に切り替えた方がいいだろうと。年明けの二月に一気に改装を進める方向になりそうです」

颯天は満足げに頷く。

「よろしく頼む」

そう答えた颯天からコートを受け取り、彼の部屋へと同行しながら、坂元は聞いてみるかどうか、迷っていた。

今から数週間前。樋口杏香の実家の老舗旅館『香る月』がどうやら経営不振に陥っているらしいと、坂元が颯天に報告した。

というのも颯天が杏香と付き合い始めた頃から、坂元は彼女の身辺について調べている。颯天と親しい女性は、高司家に係わりのある者として監視の対象になり、それを遂行するのは高司家の執事である坂元の仕事でもあった。

ゆえに彼女の生い立ちから始まり、家族から交友関係に至る何もかも、どのような経緯で彼女と颯天が付き合い始めたのかまで、坂元は詳細に知っている。

杏香は子どもの頃から明るく元気で、休みのほとんどを旅館の手伝いに費やしていたと知り、なるほどと思った。あざとさとは無縁の、心に気持ちいい細やかな気遣いができる女性だと感心していたからだ。

『香る月』が経営不振だと報告したのは、それを知った彼がどうするか、彼の動向を見守るためだった。

ここまで来れば、彼は彼女に対して本気なのだろう。そうとしか思えない。

「あと一人だよな?」

ふいに颯天が言った。

「と、言いますと?」

「面倒な縁談だよ。ろくでもない娘を俺に押し付けようとしているのは、あと一人だろ」

「ええ、厄介な縁談となるとそうですね」

他にも山とあるが、それらは高司家が乗り気にならない限り話は進まない。仕事を餌に強引に縁談を進めてこようとするのは残すところ、あと一つ。

「ここへきて一気に整理なさるのは、どういった風の吹き回しですか？」

「ん？　年越しなんて嫌だろう。気持ちよく新年を迎えるためさ」

颯天はそう言って、ニッと笑う。

果たして理由はそれだけなのかと疑問に思ったが、結局、坂元は何も聞かずに颯天の部屋を出た。

彼が縁談を嫌がる理由はもっともだと思う。傍で見ていても気分が悪い相手ばかりなのだから、当事者である彼がうんざりするのは至極当然だ。

父親の権力を笠に着て、強引に颯天の妻の座を狙おうとする女性たちの性質(たち)の悪さには、ほとほと呆れるばかりだ。先の西ノ宮家の令嬢といい青井光葉といい、彼女たちの存在は高司家にとって百害あって一利なしである。

そんな縁談しかないというわけではない。もちろん家柄も評判も申し分なく、美しく穏やかで頭も良いという三拍子そろった女性たちもたくさんいるが、そういう女性に対しても、肝心の颯天自身が興味を示さない。

「なぁ坂元、俺の子種は定期的に冷凍保存されているって知っているか？　そんな風に生死まで管理されるんだぞ、俺にも少しは自由をくれよ」

自嘲気味にそう笑った彼が、口で言うほど型にはめられた人生を送っているとは思えないが、それでも実際に重い足枷を不自由に感じるときもあるのだろう。

つらつら考えながら廊下を歩き始めたところで、颯天の部屋の扉がカチャッと音を立てた。振り返ると颯天が顔を出した。

「言い忘れたが、多分杏香から連絡があると思う。状況を伝えてあげてくれ、心配ないってな」

「はい。わかりました」

スマートフォンが振動し、メッセージの着信を告げた。まるで噂を聞きつけたかのように、樋口杏香からである。

『夜分遅くにすみません。私の実家のことで、お伺いしたく。お暇なときで大丈夫ですので、お時間を取っていただけませんか』

坂元はフッと口角を上げて微笑んだ。


そして杏香は――

坂元にメッセージを送った後、緊張を浮かべながらスマートフォンの画面を見つめていた。

夜の十一時。メッセージを送るには遅すぎるとは思う。やはり明日の朝まで待ったほうがよかっただろうか？　既に送ってしまったというのに、無駄なことを考えて不安になってしまう。

「あっ」

既読がつき、不安と緊張は更に高まってくる。

息苦しい思いでそのまま凝視していると、数秒の間を置いて返信が表示された。

『明後日の午前中でしたら時間が取れますが、いかがでしょう』

明後日は日曜日。何の予定もない。明日も実家に泊まるつもりでいたが、一日予定を早めれば大丈夫。すぐに返信した。

『ありがとうございます！　大丈夫です』

その後のやり取りで、明後日の十時半に颯天のマンション近くにある、昔ながらの喫茶店で会う約束をした。方向音痴の杏香でもその店なら迷わない。

スマートフォンをテーブルの上に戻し、ホッと胸を撫で下ろす。

これで事情がわかる。

姉から聞いた話によると、二週間前の土曜日、客として颯天と坂元が旅館に一泊したという。

彼らは同じ日に泊まったが予約は一人ずつ別に取ったらしい。先に坂元が、次の日には颯天が、という風に。彼らがただの旅行で来たのか、用事があったのかはわからない。

その日を自分のスケジュールで確認してみると、思った通り杏香のマンションにたくさんの服が入った段ボールが届いた日だった。荷物を確認するように、突然、颯天が訪れたあの日だ。

杏香の部屋を出た彼はその足で会社に行き、その後旅館に来たのだ。杏香にはそんな様子を見せず、ひと言も言わずに……

宿に来た彼らは夕食の後、『杏香さんの上司です』と身分を明かしたらしい。

そして、姉と両親が資金繰りについて話をしているのを偶然聞いてしまったのだと言い、事情を聞かせてくれないかと言ってきたという。

『とても素敵な旅館なので協力させてほしい』

もしかしたら新手の詐欺かもしれないと不審に思い、インターネットで彼が高司颯天本人だと確認をして、彼の申し出を受け入れたという。

その後の具体的な話は、窓口となった坂元から経営コンサルタントを紹介されて、そのコンサルタントが銀行との交渉には坂元も同席したらしい。

なぜ、杏香の秘密裏に話が進んでいたのか。

それは颯天自身が『香る月』が気に入ったからそうしただけで、『杏香さんが負担に感じても困るので、ここだけの話にしてほしい』と言ったというのである。

だが姉としても、やはり黙っているわけにもいかないと考えていたところへ、ちょうど杏香が帰って来たというのだった。

『杏香からも、丁重にお礼を言っておいてね』

そもそも杏香は、実家がそんな状況になっていることすら知らなかった。

姉も両親も杏香に言ったところで心配をかけるだけだし、銀行が渋り出したのもつい最近だというが、颯天は何のためにそこまでしてくれたのか。

知ってしまった以上、知らぬ顔はできない。月曜日会社に出勤して彼と顔を合わせる前に、できれば解決したい。

会社ではプライベートな話をしたくはなかった。それでなくても専務取締役として忙しい彼の時間を割くことはできない。そう思い悩んで、坂元にメッセージを送ったのである。

逃げるから追うのだと、彼は言う。

好きだとしても、ましてや愛しているとも彼は言わない。愛の言葉を口にしたら死んでしまう病にでも罹っているかのように絶対に言わないのだ。でも彼の行動は愛情に溢れている。困っていれば助けてくれて、力強く守ってくれる。逃げるから追うという言葉とは矛盾する底抜けの優しさ。——わからない。彼の心はどうなっているのか。

考えてもわかりはしないのに、気がつくとまた考えてしまう。

『はぁ……』

堂々巡りを繰り返しては漏れるため息が、沈黙する暗闇のなかで凍りつく。彼はまるで雲や霞のようだと思う。姿は見えるのに、決して掴むことはできない——

その夜、暗闇の中で杏香は布団の中から天井に向かって手を伸ばした。

どんなに手を伸ばしても何も掴めない。杏香の手の平で感じるものは暖房を消した古い部屋の、冷たい空気だけだった。


坂元と約束の日曜日。

杏香は、約束よりもずっと早く約束の喫茶店に九時半に行って、モーニングセットを頼んだ。

食欲があるわけではないが、コーヒーだけで待つよりはずっといい。そう思っただけなのに、モーニングセットを目の前にした途端、おいしそうなバターの香りに思わず笑みが零れた。

トーストとサラダにハムエッグ。そしてヨーグルトにコーヒー。一人で食べる朝食はいい加減だが、颯天と朝食を摂るときはちゃんと作った。

ゆで卵の他に蒸し鶏とかを混ぜたサラダに、フルーツとヨーグルトで作るスムージー。そして四枚切りの厚いパンをトーストして、二人で分けて食べる。杏香の分は四分の一で、残りは颯天の分。

ちょっとリッチに発酵バターを塗ったトーストは絶品で、彼も満足そうに微笑む。

（あっ、また彼のこと考えちゃった）

ふと気づき、無性に切なくなる。

トーストが塩辛く感じるのは、喉の奥に涙が潜んでいるからだとしても、それは悲しいからじゃない。ゆで卵がむせてしまっただけだ。

坂元が現れたのは約束の十時の、十分前。食事のあとのコーヒーを飲み始めたところだった。

「すみません、お忙しいところ」

「もしかして待たせてしまいましたか？」

「いえいえ、せっかくなので朝食をいただいたんです」

坂元は、相変わらずの穏やかな笑みを浮かべて頷いた。そして、水を持ってきた店員にコーヒーを頼む。

「それで、どうなさいました？」

「あの、実家の旅館のこと、本当にありがとうございました」

とにかく、まずは伝えたかった心からの礼を述べた。

「家族もとても喜んでいました。くれぐれもよろしく言ってくださいと」

「いいえ、こちらこそ。宿泊した折には良くしていただきまして」

坂元は、困ったように眉を下げた。次に続く質問を予見したのかもしれない。

「あの……。それで、どのような経緯でそうなったのか。教えていただければと思いまして」

運ばれてきたコーヒーを味わうように口にした坂元は、視線を落として少し考えているように見えた。やはり彼は困っている。

そう思うと少し後悔した。聞くなら颯天本人に聞けばいいのにと。

「すみません。姉から口止めされているとも聞いたのですが」

なかなか口を開かない坂元を見るうち、どんどん不安になってくる。

彼らは宿泊した時に、たまたま話を耳にしたと言っていたというが、そんな都合のいい話があるだろうか？　――せめてそれだけでも教えてもらえたら。

ほんの数秒かもしれないが、沈黙に耐えかねて顔を上げたとき、ふいに坂元が言った。

「杏香さんは、彼をどう思っていらっしゃいますか？」

それは、予想もしない質問返しだった。

「――どう、というのは？」

「彼がどうして、そこまでするのか。杏香さんが疑問に思っていらっしゃるのだとすれば、正直申し上げて私にはお答えのしようがありません。私にも彼の心の内はわかりませんのでね」

浮かんでいる笑みは相変わらず穏やかだが、きっぱりとした言い方だった。

聞きたかったのは坂元が言う通り彼の気持ちだったし、その答えも想像できていた。ある意味予想通りの展開だというのに、自分は何を期待していたのか……

「困りますよね、杏香さんだって」

坂元はそう言って、フッと笑う。

「まぁでも、ご実家の旅館が本当に助けたくなるほど魅力が満載だったのは事実ですし。何も考えずに、好意だと受け取っていただいていいと思いますよ？　それにコンサルタントを紹介しただけですからね。今後、高司はノータッチですから」

落ち着いた声でそう言われると、つい納得しそうになってしまう。

確かに結果を見れば、彼らが関わったのはコンサルタントの紹介だけなのかもしれない。

銀行との再交渉は、坂元が同行してくれたようだが、それから先はコンサルタントが仕事として引き受けた。コンサルタントと契約したのは『香る月』で彼じゃない――彼は仲介してくれただけ。

そう考えると、深刻に考えすぎているようにも思えてくる。

眠れないほど、何をそんなに思い悩んでいたのかと、杏香は混乱してきた。

「杏香さんは彼とのことを、どうしたいですか？」

（え……？）

そんな風に坂元から直接的な質問をされたのは初めてだった。

「状況はどうあれ、私は協力を惜しみませんよ？」

別れを切り出した報告はしてあるが、その後も結局何だかんだと会っていることを、坂元は当然知っているだろう。

「私は、ただ……」

視線を落とした杏香は、唇を噛んだ。

（ただ——愛されたい。彼に愛される、この世でたった一人の女性になりたいんです）

胸に浮かんだ言葉のまま心で答えると、モヤモヤとくすぶっていたものがすっかり消えた気がした。

それが自分の正直な気持ちなのだと、あきらめに似た気持ちで悟る。

でも、決して自覚してはいけなかった本音だった。

わかったところでどうにもならない。無理なのだ。高司家の御曹司である彼を、自分のように平凡な女が独占したいなどと言っていいはずがない——

絶望的な気持ちで絶句し、先の言葉を繋ぐことができず、ただ首を左右に首を振って俯くしかなかった。

「すみません……。私にもよくわからないんです」

喫茶店の前で杏香を見送った坂元は、タイミングよく通りかかったタクシーに乗りこんだ。

杏香の感じのよさは接客業で自然に学んだだけでなく彼女の家族と実際に話をしてみて改めて思った。両親から受け継いだ資質なのかもしれない。

今回、杏香の実家の旅館が経営不振に陥った原因は、メインバンクによる突然の貸し渋りによるものだ。今まで良好な関係なのはずだった銀行がなぜ態度を変えたのか。そこから先の話は、杏香や彼女の家族には聞かせたくない話だった。

ここでも関わっていたのは、青井光葉だったのである。

青井光葉は二人の関係にいち早く気づいていたようだ。父にどう泣きついたのかはわからないが、杏香の実家が旅館、『香る月』であることを突き止め、更に『香る月』のメインバンクが、光葉の父が副頭取を務める銀行だと知った。

今回、高司家の名前を出しただけで大方の問題は解決できたが、それはそれ。そもそも颯天と関わりがなければ彼女の実家がそんな問題を抱える必要はなかったのである。すみませんと、彼女が頭を下げる理由など、どこにもないのだ。

青井光葉が絡んでいたという本当の理由を知れば、颯天が救済の手を差しのべる理由に納得できたかもしれないが、純粋な心に、わざわざ青井光葉の悪意を実感させる必要はないとの颯天の判断だ。何もかもわかった上で、彼がそこまで気を配る理由はひとつに絞られる。助けたのは彼の愛情以外にない。

『私は、ただ……』

そう言って沈黙した彼女は、それを確かめたかったのだろう。

だが、答えは坂元が言うべきではない。本人から直接聞かないと。

やれやれとため息を吐き、車窓から歩道に目をやると、通りを歩いている杏香が見えた。

坂元が乗るタクシーが彼女を追い越していく。

少し俯きがちに歩いている彼女を視線で追いながら、スマートフォンを手に取った。

『はい』と、電話に出た相手は颯天だ。

「色々と気にしていらっしゃいましたよ」

『それで？』

「昨夜お話した通りに答えました。青井の件は話していません」

『あいつは納得したのか』

「どうでしょうか。それについては何とも。月曜、直接礼を言うとおっしゃっていました」

それで今度こそ話が進むといいがと、願うように坂元は思う。これ以上中途半端なままでは彼女が気の毒だ。

『ふぅん……。まぁ俺は多分出張でいないが』

「え？」

『現場でゴタゴタがあってな、さっき決まったんだ。これから沖縄に向かう』

「そうでしたか」

電話を切り、再び外を向いたときにはもう、通りを振り返っても杏香の姿は見えなかった。

沖縄から月曜に戻れるかどうかは、行ってみないとわからないらしい。このタイミングですれ違うとは――

運命であるなら、どんな意味があるのか？

いずれにしても、一筋縄ではいかなさそうだと坂元はため息を吐いた。

＊＊＊

「え？　専務、また出張ですか？」

「沖縄の現場で色々あってね、状況によっては今日戻れる予定だったんだが、もう少しかかりそうだと連絡があった」

秘書課長からそう告げられ、杏香は複雑な思いに肩を落とした。

よかったような残念なような、微妙な気持ちである。

早く礼は言いたいが、どうして『香る月』に来たのかという疑問が頭から離れない。

坂元の説明で完全に納得できたわけじゃない。改めて考えればやはり不自然だ。『香る月』に泊まったのも、宿の経営不振を知ったのも、すべて偶然だなんてありえないと思うのに、坂元には聞けなかった。

それ以上は直接彼に聞くしかないが、問い詰めれば、自分の正直な気持ちをうっかり口に出してしまいそうで怖かった。

「はぁ」

声を出したため息が、一人きりの部屋で響く。

微かに空気を揺らしながら、あてもなく消えていくため息はこれでいくつめか。彼のいない部屋は静けさが身に沁みて、杏香の心を不安にさせる。

颯天がいるときは賑やかだ。

書類をめくる音、キーボードを叩く音。電話は慌ただしく鳴り続けるし、秘書課長や様々な社員が入れ替わりで来て唐突にミーティングが始まるし、その間もひきもきらず来客がある。

出張で彼がいないとわかっている執務室には、届け物以外に人は来ない。

壊れたみたいに音を立てない電話も、ノックされない扉も、主のいないデスクも、すべてが寂しそうに見えた。

「さあ、仕事しなきゃ」

元気が出るよう声に出して言ってみた。

今の自分には、仕事で恩返しする以外にない。彼がいないときだからこそできる仕事もある。騒音を立てるシュレッダーもそうだ。ただひたすら、彼のためにと考えながら、杏香はもくもくと雑多な仕事に集中した。

彼は杏香が何よりも大切に思っている家族を、『香る月』を助けてくれた。

愛とか恋とか関係なしに、感謝を忘れちゃいけない。そんな決意にも似た気持ちを、大切にしようと思いながら……。

颯天が戻ったのは、三日後だった。

前の日のうちに秘書課長から聞いていた杏香は、いつもより三十分ほど早く出勤した。

颯天が早く出勤するかもしれないと思ったからだ。

急に決まった出張なので、三日分の予定が狂ってしまっている。たとえ出張で疲れていたとしても、責任感の強い彼は少しでも挽回しようとするはずで、予想通り彼はいつもより早く出勤した。

「おはようございます」

「おはよう」

満面の笑みで出迎えた杏香に、颯天は柔らかく微笑み、コートを脱ぎながら「随分早いな」と言う。

自分こそと、憎まれ口は心で止める。

素直な気持ちで彼に感謝しようと決めたのだ。

「急な出張お疲れ様でした。コーヒー淹(い)れますね」

「ああ」と頷く彼を前にすると胸がじんわりと熱くなってくる。

予想していた以上に会えてうれしかった。

今日か明日かと思いながら待つ三日は長い。仕事の件でメールでのやり取りはあったけれど、彼を前にして、彼の視線に目を合わせ、彼の声を耳で聞いているうちに、高司颯天という存在が杏香の中でどんどん大きくなっていく。

胸が苦しくなり、堪(たま)らず大きく息を吸う。

コーヒーができあがるのを待つ間にも、背中に彼の存在を感じて鼓動が激しさを増す。

たった三日会えなかっただけなのに大袈裟だと自分を戒め、できあがったコーヒーをカップに注ぎ、すでに席に座っている彼にコーヒーを出しながら、言いそびれないようお礼を言った。

「専務。『香る月』を助けてくださって、本当にありがとうございました」

精一杯の誠意を込めて、深く頭を下げた。

顔を上げて更に「一生恩に着ます」と真剣な顔のまま言うと、彼は笑う。

「随分大袈裟だな」

でも、どうして『香る月』に泊まりに行ったんですかと聞きたいが、ここは会社だし、彼は忙しい。別の機会にしようと言葉を飲み込んだ。今はこれだけで十分だ。

「コンサルタントを紹介しただけだぞ」

「それでも、ありがとうございます」

ふいに、颯天がデスクの脇に置いてあった小さな紙袋を差し出した。

「はい。お土産」

心臓がトクンと跳ねた。

彼は出張先でも、自分を気にかけてくれたのだと思うと、それだけで胸が熱くなる。

「開けていいですか？」

彼はうなずいてコーヒーに手を伸ばす。ゆったりと構えたその様子に安堵して、遠慮なく袋から取り出した箱を開けた。

「うわー、可愛い！」

それは、丸い赤珊瑚のピアスで、うれしさに思わず頬がゆるむ。

「ありがとうございます」と何度目かの礼を言い、自分の席についた。

改めて箱からピアスを取り出し、しげしげと見つめると、赤珊瑚は何とも美しい色をしている。

赤、紅、朱……なんと表現したらいいのかわからない深みのある赤で、シンプルなだけに使い勝手も良さそうだ。

本当に綺麗だと見惚れていると、席を立った颯天が杏香のところまで来た。

早速仕事の指示だろうと思って慌ててピアスをしまおうとすると、彼は「貸して」と言う。

彼の視線を辿りピアスの入った箱かと手で掲げ、首を傾げると、そうだと頷く。

「似合うと思うが、つけ替えて見せてくれないか？」

「あ、はい」

ドキドキしながら鏡を取り出して、今つけているピアスを外し赤珊瑚のピアスに変えてみた。

外したピアスも颯天に買ってもらったもので、真珠の上に小さなルビーがついている。今日は口紅の色もルビーに合わせて、いつになく赤が強い。彼が帰ってくると思うとうれしくて浮き立つ心のまま選んだからなのか、いつになく赤い自分は、彼に染められているような気がしてこそばゆい。

きっと頬も赤らんでいるだろう。

「似合ってる」

折りたたみの小さな鏡を覗き込むと、耳で揺れる赤い珊瑚を、颯天の指先が弾いた。

その刹那、体の芯が痺れたようになり、敏感になった耳たぶに彼の唇が触れた。

「杏香……」

驚いて椅子から崩れ落ちそうになった杏香の体を颯天が支えたところで、ルルルと、無情にも内線電話が音を立てた。

耳元で「今晩、待っていて」と囁いた颯天は、銀色の鍵を杏香の胸元に落とす。

「ひゃっ」

冷たい鍵が胸に触れ、体がビクッと反応する。

真っ赤になって胸を覆い、固まる杏香をクスッと笑って見下ろした彼は、ゆっくりと支えていた手を離してデスクの内線電話のもとへ行く。呼吸を忘れていたように大きく息を吐いた杏香は、慌ててブラジャーの中に落ちた鍵を取り出した。

（こ、腰が抜けた……）

な、な、何なのよっ！　か、か、か、鍵？　何の鍵？　ああ、マンションの鍵ねと、あたふた慌てる杏香を尻目に、電話口で「あぁ、わかった」と答えた颯天は振り返った。

「客だ。応接室にコーヒーを二つ頼む」

「は、はい。わかりました」

慌てて背筋を伸ばし返事をしたときにはもう、彼は書類に目を落としている。

今の今までムンムンさせていた色気はどこへやら。そこがいいんだけどとふと思い、にんまりと頬を緩める自分に焦る。

いくら何でも流されすぎだ。

席を立ち、廊下に出た杏香はドアを背に、天を仰いで細い息を吐く。

「はぁ……」

彼が好き。大好きだし、愛しているし、助けてもらったことは一生恩に着る。

この気持ちを誤魔化すのはもうやめた。

いずれ彼はどこかの令嬢と結婚するのだからと、早めに身を引くつもりだった。

でも、引かずに済む方法がきっとあるはず。必ずあるはずだ。私はもう逃げたりしないと。

(だから、専務――お願いよ……。これ以上、惑わせないで)


コーヒーを持って応接室の扉に手をかけると、楽しげな笑い声が聞こえた。

男性の豪快な笑い声とコロコロと笑う女性の声。どこかの社長と秘書だろうか。それにしてもまだ朝の九時前だというのに随分早い来訪である。

「失礼します」

彼だけは杏香に視線を向けて微かな礼を示したが、客の二人は杏香の存在など気にもとめない様子で、何がおかしいのかまだ笑っている。

礼をしないというだけでなく、人にかしずかれるのが当然という態度が全身から滲み出ている。間違いなく資産家だろうし女性のほうも秘書ではなさそうだ。

上品で優しそうだが、ちらりと杏香を見る目つきが気になった。あの目には覚えがある。『香る月』の横柄な客がする相手の品定めをする目だ。

感じの悪いお客様と密かに思いながら、杏香は応接室を出た。

嫌だ嫌だと首を振り、応接室を後にする。

颯天も結構な俺様だが、ちょっと違う。彼の場合は誰に対しても俺様なのであって、相手が社会的弱者だろうが権力者だろうが変わらない。俺様は、誰の前でも俺様なのだ。

それに彼は礼儀正しい。些細な、例えばコーヒーを出すとか、物を拾うとか些細なことでもちゃんと目を見てお礼を言う。社員に対してあんな風に横柄な態度は取らない。

廊下を進むと、他の役員室から秘書室の先輩が出てきた。

「おはようございます。随分早いお客様ですね。どなたですか？」

「タナカさんという方です。もしかしたら親子かもしれません。社長と社長令嬢、そんな感じで」

それだけで、彼女はピンときたようだ。

「ああ、ミスタータナカとお嬢様のマリアさんかな」

聞けばタナカ氏は日系アメリカ人でホテルのオーナーらしい。菊乃が例に挙げたホテルの名前は杏香でもよく知る一流ホテルだった。ＴＫＴ工業と取引がある大口のお客様で、杏香が接客するのは初めてだが、時々来社するそうだ。

「なるほど。でも、どうしてお嬢様まで来るんですか？」

「彼女も一応ホテルの役員だから？　ファッションモデルなんかもしていて広告塔になっているし。ＣＭにも出ているわよ」

「あ！　そういえば見覚えあります」

なるほどと納得する。

（それにしては、好感度ゼロだったけど……）

思わず胸の内でそう呟いた。

「彼女、光葉さんとは仲が悪くて、お互いに目の敵にしていたわ。まるでハブとマングース」

あははと笑い合う。青井光葉と戦うとはマリア嬢も相当気が強いに違いない。

自分の席に戻ると、ムッとしている自分に気づき、杏香は慌てて眉間を撫でた。

なぜこんなに不愉快なのかと考えると、「やきもち」の四文字が脳裏を過り幸せに満ちていたはずの杏香の心に影を落とした。

定時を迎え杏香が会社を出たとき、そんな気持ちを知らない颯天からメッセージがきた。

用事ができたらしく実家に帰るらしい。

【また今度な】

【お疲れ様です。了解です】

了解って何よ、今度なんてなくていいのと頬を膨らませながら、とてつもない寂しさに襲われた杏香は、颯天の部屋の鍵をぎゅっと握りしめた。

そして――その日を境にマリアは毎日、颯天に会いに来た。

来るのはランチ時で、当然のように颯天と食事に出かける。

昨日も連れ立って出かけていった二人を見送った杏香だが、自ずと不満が口をつく。

「何なの？」

杏香は颯天とランチを共にはしない。

颯天は打ち合わせを兼ねて秘書課長や客と食事に出かけてしまうし、杏香は自分の席でお弁当を食べることが多い。だからという理由で怒っているわけじゃないが、いったい彼女は何をしに来るのだと文句の一つも言いたくなる。

マリアが来るのは決まって十一時半。いかにもお食事しましょうという時間である。失礼ではないか。

そして今日も。マリアが来たと受付から連絡がきた。

彼は会議中なので、いつものように応接室に通すと「彼の部屋じゃダメなのかしら？」と言い出した。

杏香は内心ムッとする。颯天の執務室には社内秘の書類だってある。そう易々と社外の人間を通すわけにはいかない。それに〝彼の部屋〟とは何だ。ここは会社なのに。

「申し訳ございませんが、お客様はこちらにお通しする決まりになっております」

「彼が、そう言っているの？」

「申し訳ありませ――」

「いいじゃない。この前は通してくれたわよね？」

マリアは被せ気味に言ってくる。

前回は颯天が在席していたからである。彼のいない執務室に、外部の人間を通すわけにはいかないのだ。

しつこいなと思いつつ、その後も辟易しながら丁重に断ったが、マリアは一歩も引かない。仕方なく秘書課長に聞きに行くと、課長は「専務の執務室にお通しして」と言った。

「え？　本当にいいんですか？　専務がいないのに」

食い下がったのに、条件つきで許可された。

「コーヒーは誰かに届けさせよう。一人きりにさせないよう樋口さんが部屋にいてくれれば大丈夫でしょう」

（負けた……）

これも社会的地位の賜物に違いない。お嬢様の我儘は、ほとんどの場合こんな風に許されて、雪だるま式に増長されるのだ。その証拠に「専務の執務室にご案内します」と告げると、彼女はこれみよがしにツンと顎を上げ勝ち誇った顔をして席を立った。

それでなくてもモデルをしている彼女は背も高い。身長一六〇センチの杏香よりも頭一つ上から見下してくる。

執務室に入り「どうぞ」と、ソファーを進めると、マリアは無言のまま腰を下ろした。

「秘書さん、お名前は？」

「樋口です」

「そう。樋口さん、ご両親は何をなさっているの？」

杏香は軽く首を傾げる。

「何を？　うーん、そうですね。今頃は散歩でもしているでしょうか」

誠実に答える義理はない。嘘にならない程度にとぼけた。

チラリとマリアを見ると、つまらない冗談ねとでも言わんばかりに、フンと鼻で笑った彼女は、目の前に自分の手を翳（かざ）してネイルのチェックを始めた。

少し斜めに並べた細い脚に、細くて高いピンヒールのパンプス。膝の上にはスマートフォン以外には入らなさそうな小さなバッグ。手荷物はそれだけ。書類は？　仕事に関するものは何もないのか。本当に何をしに来たのかと首を傾げたくなる。

女性秘書がコーヒーを持ってきてくれると「ありがとうございます」と、杏香には見せないような笑みを浮かべて礼を言った。なるほど、人によって態度を変えるのかと呆れていると、扉が開き颯天が入ってきた。

彼は「ああ……」とマリアを見て微笑んだ。やわらかく、柔和な表情で。

マリアはすっと立って、行儀よく頭を下げる。

「ごめんなさいね、父が迎えに行くように言うものだから」

困ったように眉を下げて長い睫毛を伏せるその表情は、楚々とした控えめな女性のそれだ。

「いや、ありがとう。じゃあ、行こうか」

そう爽やかに返す颯天も、まるで穏やかな紳士のようだ。

「はい」

唖然とする杏香を振り返った彼は、「二時までには戻る」と告げてマリアをエスコートするように部屋を出た。

扉が閉まった途端「はぁー」と大きく息を吐く。

どっと疲れが出た。

「デート？　仕事じゃなくてデートでしょ。ったく、鼻の下伸ばしちゃって」

こっちは侘しいおにぎりだっていうのにと、ブツブツ文句を言いながらマリアがほとんど口をつけなかったコーヒーの後片付けをする。カップは使い捨てではなくボーンチャイナの高級品だ。コーヒー一つにも、立場の違いを見せつけられる。

弱者だから不幸だとは思わないし、彼女のように皆に気を使ってもらいたいわけじゃないが、やっぱり悔しい。

でも、どんなに悔しくても、光葉やマリアのような女性は彼の周りにたくさんいるのだ。その都度、イライラしていたのでは身がもたない。

(恩返しに充分なだけ働いて、秘書なんてさっさと辞めてやる!)

鼻息も荒く憮然として給湯室にいくと、秘書課の先輩たちがいた。

「お疲れ様です」

「お疲れ様ー。ねぇねぇ樋口さん、このニュース見た?」

「ん? 何ですか?」

先輩の一人が杏香に向けたスマートフォンの画面はネットのニュース記事だ。

【マリア、御曹司と結婚秒読みか!?】

写真の中でタナカマリアは、並んで歩く男性を明るい笑顔で見上げている。彼女を振り返り見下ろしているスーツの男性が、タイトルにある御曹司か。

スラリと背の高い御曹司は、横顔がほんの少ししか見えない。でもそれだけで十分だった。

間違えようがない。その男性は高司颯天——

「専務、結婚しちゃうのかしら。樋口さん何か聞いてる？」

ぷるぷると、左右に首を振る。

「いいえ、何も聞いていないです。へえー、そうですか」

先輩に渡されたスマホを、杏香はじっと見た。

「お似合いですね」

「ほんと、二人ともハッとするような美男美女だしね」

タナカマリアに対する嫌悪感は、このニュースを予感させるものからきていたのかと、我ながら勘の良さに驚くばかりだ。

（なるほど、へえー。結婚するんですか。そうですか。へえー）

予告通り二時少し前に彼は帰って来たが、席を温める間もなく営業部との会議へと向かった。

専務、結婚するんですかと聞きたいが、聞く暇も勇気もない。

あっさりと、「ああ」と言われそうで、まずはその返事を受け止める心の準備をしなければ……だから、もう少しだけ結婚は待ってほしい。秘書を辞めるまで――

大きく息を吸い、気持ちを落ち着ける。

覚悟はしていたものの、正直ショックだった。食欲はなく、昼食のおにぎりもお茶で流し込んだが、味もわからないほど深く傷ついた。

このまま婚約発表になったら――作り笑いとかできる？　おめでとうございますとか言える？

うだうだ考えながら仕事をするうちに外は薄暗くなってきた。

今日の天気は朝からどんよりとした重たそうな雲が広がっている。晴れなら違うだろうに、薄暗い空を見上げたところで気分転換にもならない。

それでも頬杖をつき曇った空をぼんやりと見つめると、受付からの内線電話が鳴った。

「はい」

『タナカマリアさまがお見えになりました』

なんと本日二度目の登場を知らせる電話だった。

受付の女性に先導されマリアは応接室に通されたが、杏香が顔を出すとまたしても「彼の部屋で待たせてもらうわ」と言い出し、スッと立ち上がる。

マリアは昼とは別の服を着ている。スーツだったはずが、いかにも夜のデートというドレッシーなベージュのワンピースに変わっていた。

反論する気も起きず、彼の執務室に通した。

優越感に満ちた彼女の視線を気にしないように、ソファーを勧め、自分はデスクの席に座る。

間もなく会議から戻ってきた颯天が、昼間そうだったようにマリアと一緒に廊下に出たところで、忘れ物をしたのか、ふいに自分の席に戻ってきた。

書類を手にしながら杏香に声をかける。

「もしかしたら、そのまま戻れないかもしれない。気にしないで帰っていいぞ」

はいはい、そうですか。どうせ私は邪魔ですよね。ええ、そうでしょうとも。そしてあなたは、令嬢とそのままホテルにお泊りですか?――いやらしい。

そんな心の声がつい表に出てしまったらしい。

「はぁい」

という返事が、険のある言い方になってしまった。

颯天が立ち止まる。

「不満そうだな」

「い、いいえ、気のせいです」

杏香の席の前まで来ると、彼はニヤリと目を細める。

「気になるか？」

「全然」

フッと笑って颯天は行ってしまった。

外はすでに暗いが、時計を見ればまだ夕方の四時だ。食事にはまだ早い。二人連れ立って一体どこに行くのだろう。

ぷるぷるとかぶりを振り、一人になった部屋で、ひとしきり大きなため息を吐く。

＊＊＊

そしてその夜——高司家のリビングで、颯天の妹の麻耶がスマートフォンのニュース記事を読んでいた。杏香が秘書課の先輩から教えられたものと同じ記事だ。

「結婚ねぇ」

テーブルにはシナモンの効いたミルクティの香りが立ち上ぼる。坂元はティーカップを置くと、そのまま軽く会釈をしてリビングから出ようとしたが、「待って」と麻耶に呼び止められた。

「それで、お兄様はどうするつもりなの？　マリアさんと本当に結婚するの？」

「どうでしょう。まだ何も聞いておりませんが」

「私、あの人と身内になるのは何だか嫌だわ。——マリアさんって綺麗だし、頭もいいし、ピアノも上手で運動神経も良くて万能でしょう？」

「ええ、そういう評判ですね」

麻耶はうんざりだと言わんばかりに頭（かぶり）を振る。

「だから、なのかもしれないけれど……なんていうか。根が傲慢だと思うのよね。表向きはそんな様子見せないけど。この前、パーティーで見かけたとき思ったわ。顔は笑顔だったけど。人をバカにしたような、とても冷たい目をしているのよね。何だか怖かった」

そう言って麻耶は怯えたように肩をすくめる。

「お兄様にはちょうどいいかもしれないけどね。ハブとマングースで」

「これはまた手厳しい」

彼女の兄に対する評価は、いつもながら容赦なく厳しく、坂元は苦笑する。

「でも、やっぱり私は嫌。大体この話ってあれよね？　お兄様が人妻に手を出してホテル事業を撤退したときの穴埋めなんでしょう？　でもマリアさんと結婚したら跡取として認めるなんて、お父様もどうかしてるわ」

高司家の当主である彼らの父は、颯天ではなく妹に跡を継がせるという選択肢を常にちらつかせている。というのも、それだけ颯天が起こしたスキャンダルに激怒しているのだ。

それはホテル王の妻との不倫疑惑。事実はどうあれホテル王の夫が激怒し、高司との取引中止を断言した。颯天は、夫人とは友人でありガセネタだと言いつつも、きっぱりとした否定はしなかった。

でも、坂元は不倫の事実はないと思っている。なぜ、彼がそのことを明言しなかったのかはわからないが……

「ですが、颯天様がマリアさんと結婚すれば、お嬢様は自由になりますよ？」

「それはそうだけど。私はお兄様の結婚相手は、例の彼女のほうがいい。杏香さんって言ったわよね、彼女にお姉様になってほしい」

「お会いしたことはありませんよね？」

「ないけどわかるわよ。お兄様が変わったもの。俺様度がほんのちょっとマシになったわ。ねぇ、彼女とはどうなってるの？　秘書になってお兄様の近くにいるんでしょう？」

「えぇ、まぁ。ですが、何もおっしゃらないので、どうなのかはさっぱり」

麻耶はがっくりと肩を落とす。

「あーぁ、クリスマス前には結論出るのかしらねー」

クリスマスイブまであと三日。

坂元は「大丈夫ですよ。きっと」と答えた。

『年越しなんて嫌だろう。気持ちよく新年を迎えるためさ』

彼がそう言っていたから——


昨夜、高司家のリビングでそんなやりとりがあったとは知らない杏香は、朝から憂鬱なため息を吐いていた。

「——はぁ」

応接セットのテーブルを拭く手が止まる。

もしマリアさんとの結婚が決まったら、その報告は彼の口から聞かされるのだろうか？

それともニュースで知るのだろうか？

寝不足でズキズキする頭を抱えながら、ソファーにドカッと腰を下ろして考えた。

夕べもその前の夜も、二人は毎日会っているのかもしれない。マリアが会社に現れた日からなのか、いつからかはわからないが、どうやら夜も会っている、らしい——というのはネットのニュース記事に、パーティに一緒に来ていたとか、ホテルのバーにいたとかそんな目撃談があるからだ。

（もしかして、彼のマンションに彼女が連日泊まっているとか？）

そう考えてハッとした。

マンションの鍵は先週、胸元に落とされた。あのときのまま持っている。

慌てて自分の席に行き、念のためバッグの中を見て確認したが、鍵はしっかりとカードケースの中にしまってある。

鍵を胸元に落とされた日に、マリアは父親と会社に現れた。二人が会うようになったのがその後なら、彼は杏香に鍵を渡したことを後悔しているかもしれない。

彼から返せと言われるのは癪だし、自分から返したほうがいいとは思うが、ついでに結婚の報告をされたらそれはそれでやはり腹が立つ。

いっそ、ご結婚おめでとうございますと先回りしてやろうか？　マリアさんと鉢合わせしたらまずいですもんね？　くらい言ってやろうか？

などと朝から悶々と考えているうちに、カチャッと扉が開いた。

颯天の登場に慌てて席を立つ。

「おはようございます」

「おはよう」

合鍵の結論はまだ出ていない。会社でその話をするのも気が引けるから、いっそマンションのコンシェルジュに渡しておこうかとも思う。

(――でも、万が一、マリアさんに会ってしまったら)

それは困る。絶対に嫌だ。

鬱々としながら給湯室に使い捨てカップの備品を取りに行くと、秘書課の先輩が給湯室に来た。

担当する役員にコーヒーを淹れるために朝の給湯室は少し混み合うが、颯天のコーヒーは執務室で淹れるので杏香はここで誰かと出くわすことはあまりなかった。

おはようございますとお互いに挨拶をする。

「専務からマリアさんとの結婚について、何か聞いている？」

彼女は社長秘書である。

「いいえ、何も」

「米田社長がすごく気にしているの、この結婚がまとまれば、大口の顧客が確保できるなんてね」

「注目の的なんですね、専務の結婚は」

努めて平静を装った。

「あ、そういえばマリアさんって、アラブの王子様とも付き合っているらしいわよ」

「アラブですか？　なんかすごい」

「ほんと。すごいわ。生きている世界が違いすぎて、すごいしか言えないわよね。それにその噂が本当の話で、そこも理解した上での結婚だとしたら、それもすごいわよね」

先輩はそう言って左右に首を振った。

アラブの王子様というと、ライオンとかをペットにして車の助手席に乗せちゃっているのだろうか。王子には第二夫人どころか第十夫人とかもいたりしちゃうんだろうか。二股かけられている相手がアラブの王子様なら、むしろ縁続きになれてラッキーくらいに思うのだろうか。

話のスケールが自分の許容範囲を超えていて、何の感慨も生まれなかった。

（どうでもいいわ）

執務室に戻り、そのままコーヒーサーバーをセットした。

いつものように颯天にコーヒーを出し、サンキューという彼の声を遠くに感じながら自分の席に戻り、マンションの鍵を手にした。

そして、また颯天のデスクに向かう。

「お返ししておきますね」

デスクの上に鍵を置き、それだけ言うとニッと口角を上げて笑顔を作った杏香は、ペコリと頭を下げた。

彼の視線が自分に向けられたのはわかったが、そのまま自分の席に戻る。

皮肉を言う気持ちなど、きれいさっぱり消え失せていた。

粛々と自分の立場をわきまえるのみ。そんな気持ちしかない。これが世間のヒエラルキーというものだ。下層階級のものは首を突っ込んではならない。

パソコンに向かって早速仕事を始めようとすると、席から立ち上がった颯天がゆっくりと近づいてくるのがわかった。

何か？　という風に、努めてニッコリと笑みを浮かべて彼を振り返り、途端に凍りついた。

杏香の椅子の脇まで来た彼は、鬼の形相で見下ろしている。

鬼といっても憤怒の赤い炎を燃やす鬼ではない。氷のような青い炎を、ゆらゆらと瞳の奥で揺らす鬼だ。

（ヒィイ！）

青い炎を燃やす恐ろしい鬼は、不敵な笑みを浮かべて屈みこんだ。

そして、マンションの鍵で杏香の頬を軽く叩く。

ひんやりと冷たくい鍵を、ペシ、ペシとゆっくり当てられる度に、心臓が恐怖に跳ね上がった。

「返す理由は何だ？」

椅子の背もたれに片方の手をかけ、もう片方は鍵を目の前に差し出している。

「え、っと……そのぉ。ず、ずっと借りっぱなし、なのも、いかが、かと……」

結局、鍵は一度も使っていない。

行かなくても彼は何も言わなかったのだから、持っていても意味がないと思うが。

「これはお前に貸したものじゃない。あげたものだが？」

（——ええ？　そ、そんなこと言われても）

使う機会は永遠にありませんしと、心で答えた。

「それでも俺に返すのか？」

怖い。本当に怖いっ！

恐ろしい視線に心臓は縮み上がっているが、そんな恐怖とは裏腹に口が勝手に反抗した。

「だ、だって、マリアさんと鉢合わせしちゃったらどーするんですか？　せ、専務だって、困るでしょう？」

言うだけ言うとゴクリと喉が鳴る。

「あの女はマンションには来ない」

「——え？」

まさか、他のマンションで会っているのか？

俺がそんなへまをすると思うか。とでも言いたいのか？　そうだ、きっとそうだと思うと何やら無性に悔しくて、怖さも忘れて杏香はキリキリと睨み返した。

どう考えもおかしい。

ただ借りていたものを返しただけで、いや、仮に貰ったものだとしても返すだけでどうして恐怖に陥れられなければならないのか。

(怒るのは私の方よ。冗談じゃないわっ！)

打って変わったように顔を突き出してキリキリと睨み返す杏香に何を思ったのか、颯天は弾けたように、あははと笑い出した。クックッと笑いながら椅子から手を離してデスクに腰を下ろす。

「な、何よっ」

「もしかして、やきもちか？　それなら許してやるぞ」

そう言って颯天はニヤニヤと見下ろす。

「お前は本当に素直じゃないからな。わかりにくいことこの上ない」

「ちょ！　な、何言ってるんですかっ」

「わかったわかった。そう怒るな」

(——信じられないっ！)

バンッとデスクを叩いて立ち上がった杏香を、すかさず颯天が抱きしめた。

「ばっ」

続く言葉は、颯天の唇に吸い込まれていく。

「……んっ」

(――バカにしない、で。バカにしないでよ。――私は何なのよ……)

抵抗虚しく、何度も何度も繰り返されるキスに、閉じている瞼から涙が溢れた。

どれくらい経っただろうか。

内線電話が鳴り響き、一旦は切れて、また鳴った。ゆっくりと唇を話した颯天が、杏香の頬を両手で包んで囁いた。

「杏香、俺を信じろ――いいか？　これから何があっても、俺を信じるんだ」

「……」

「わかったな？」

泣きながら頷く杏香の頬にキスをして、颯天はようやく離れていった。

何度目かに鳴り続く内線電話に出る彼の後ろ姿を見ながら、わけも分からず涙を拭い、杏香はぽつんと椅子に腰を下ろした。

(――何をどう信じろっていうの？　言ってくれないと、わからないわよ……)

泣き顔のままではこの部屋から出られない。

颯天から見えないように背を向けてティッシュで涙を拭い、気持ちを落ち着かせてから席を立った。片手に持った書類は、いかにも仕事で席を外しますという小さなアピールのためで本当の用事ではない。

振り返ったらしい彼の視線は感じたが、気恥ずかしさもありそのままやり過ごして執務室を出た。

後ろ手に扉を閉め、天を仰ぐ。

「――はぁ」

とりあえず部屋は出たものの、行き先が思い浮かばない。一人になれる場所となると、トイレの個室くらいしかないだろう。

幸いなことに女子トイレには誰もいなかった。

スーツのポケットから彼のマンションの鍵を出す。

「杏香、俺を信じろ――いいか？　これから何があっても、俺を信じるんだ」

意味がわからない。マリアとは結婚しないと言いたいのかとも思うが、かといって彼女との関係については何の説明もないし、鍵は渡されたけれども来いとは言われない。

信じたいように信じたらいいのか。

(そういうの、責任転嫁っていうんじゃないの？)

むくむくと不満が込み上げる。

キスが上手いのも腹が立った。あのキスで何人の女性が涙を流したかわかったものじゃないと考えて、杏香にとっては彼が初めてで、唯一の人だと気づいた。

よりによってその人が悪魔だったなんて。

俺の女だと言いつつ、一度も愛を囁かない。「お前は可愛いな」とキスを繰り返されて心を鷲掴みにされて。これでは生殺しだ。

（捨てないなら、とっとと私と結婚してよ！）

心で叫んで、何を考えているのとハッとした。

いつまでも個室に閉じこもって悶絶してもいられないので、秘書課の備品棚から必要もないシャーペンの芯やら油性ペンやらの備品をいくつか持って専務の執務室に戻る。

彼は席にはいなくて、杏香のデスクの上にメモが一枚置かれていた。

「高司建設の本社に行ってくる。戻りは四時頃になる」

あまりのシンプルさにズッコケそうになる。

（さっきあんなに濃厚なキスをしたばかりで、何よこれ）

愛してるくらい書けないわけ？　と、一度は止まったはずの文句が止まらない。

卓上カレンダーが目にとまり、杏香は新たなため息を吐いた。

土曜日はクリスマスイブだ――


颯天が戻ってきたのは予定通り午後四時だった。

「お疲れ様です。コーヒー淹（い）れましょうか？」

「ああ」

彼の薄い微笑みに、なんて素敵なんだろうとうっかり心を動かされ、浮足立つ自分にまたガッカリする。これはある種の地獄なんだろう。迷い込んだ無限ループのなかで足掻き身悶える女を酒の肴（さかな）に笑っているのが高司颯天なのだ。

一喜一憂する杏香とは違って、彼は変わらずポーカーフェイスで黙々と仕事をこなしている。忙しいのだから、当然だが。

悶々としながら仕事をするうちに、あっという間に退社時間になった。

帰り支度を終えて立ち上がろうとしたちょうどそのとき、颯天の内線電話が鳴る。

すぐに終わりそうなら挨拶だけして帰ろうと待っていると「応接室に案内して」と、彼が答えている。

来客のようである。電話を切った颯天に、「コーヒー出しましょうか？」と聞くと、彼は「いや大丈夫だ」と答えた。

「では、お先に失礼します」

「お疲れ」

帰りがけだからと遠慮したのだろうかと思いながらエレベーターが到着するのを待っていると、チンと音を立てて昇ってきたエレベーターの扉が開く。

案内の受付女性の後ろから降りてくるのは、薄く色のついたサングラスをかけている女性だった。

どこかで見た覚えのある、驚くほど美しい女性である。

頭を下げながら、ふと思い出した。彼女は女優の津吹絵恋(つぶきえれん)だ。

エレベーターに乗った杏香は、絵恋の残したと思われるコロンの香りを追い払うように手のひらをパタパタをさせて、ムッとしながら一階ボタンを連打した。

「モデルの次は女優さんですか」

（なーにが『俺を信じろ』よ。女ったらし！）

＊＊＊

津吹絵恋。歳は颯天と同じ三十歳。

今から三年前、颯天がＴＫＴ工業に左遷されるきっかけを作った女優である。

応接室に入った彼女は、サングラスを外してバッグから鏡を取り出した。颯天を待つ間、化粧崩れがないか入念にチェックをする。

二人が知り合ったのは、絵恋がまだ女優としては駆け出しの頃。共通の友人を通して知り合った二人は、最初から妙に気が合った。お互いに異性として興味ないとわかっているのに、化粧を気にかけるのは単なる習性だろう。

応接室扉の上半分、磨りガラスに人影が映り、ドアノブが動いた。

一度顔を出した颯天は、振り返ってコーヒーを二つ頼んでから中に入ってきた。

「ごめんなさいね、急に」

急とは言っても、もちろんアポイントメントは取ってある。

「いや、それよりどうかしたのか？　久しぶりだな」

何しろ三年ぶりである。〝あの事件〟を最後にずっと会っていなかった。

「あなたのお父様も人が悪いわね。夫に『颯天をタナカに婿入りさせようかと思ってる』とか言ったそうよ」

「オヤジは、寝言が好きな狸だからな」

颯天が不敵な笑みを見せたところで「失礼します」と、コーヒーが届けられた。

軽く礼を言い、秘書が扉の向こうに消えたところで絵恋は微笑んだ。

「そろそろ、借りは返すわね。夫もね、怒ったふりも三年で充分だろうって」

「で、仮面夫婦は続けるのか」

「仮面ってほどでもないもの。あ、そうそう、去年ね、私たち今のマンションワンフロア買ったのよ。そして、〝みんな〟でそのフロアに住んでいるの。どう？　いい考えでしょ」

颯天は肩をすくめてコーヒーカップを手に取った。

「あのときの彼女とは別れたんだろう？」

「ええ、私はね。せっかくあなたが助けてくれたのに、あの後、結局別れちゃった」

絵恋も、絵恋の夫も、共に同性愛者だ。お互いに本当の相手は他にいる。

そんな二人の結婚は世間の目をごまかすための隠れ蓑でしかないが、恋愛感情はなくとも、二人は不思議なほど強い絆に結ばれている。

三年前、当時の絵恋の恋人が別れ話のもつれから自殺未遂を起こした。絵恋の夫はそのときニューヨークにいて、気が動転していた絵恋を友人として支えたのが颯天だった。

高司家の主治医と共にホテルに駆けつけた颯天に、泣きながら絵恋が抱きついた。その様子を写真週刊誌の記者に撮られたのだ。

「彼女も今は新しい恋人と幸せにしているわ」

もう恋人がいるとなると、あの自殺騒ぎは狂言だったのかといえば、そうとは言い切れない。衝動的とはいえ当時は本気で思い詰めていたのだ。その気持ちに嘘はないだろう。

医者に処置を施され、落ち着きを取り戻した彼女が、「絵恋のいない人生ならいらないと思ったの。残された絵恋の気持ちまで考える余裕はなかった……」そう言って泣いていた姿に嘘はなかったと、颯天は思っている。

「そうか。よかったな」

零れたのは本音だろう。

絵恋は少し懐かしそうな目をして窓の外を見つめ、ほんの少し思い出に浸るようにコーヒーを口にした。

とはいえ今日は思い出話をしにきたわけじゃない。喉を潤したところで本題に入った。

「あの人がね、新しいホテルチェーンを展開するとか言っていたわ」

「そういや、既存の事業のほうは軒並み業績を上げてきているな」

「あら、よく知っているわね」

颯天はニヤリと口元を歪める。

「ホテル王の名前を取り戻すって言ってるわ。ようやく三年前の借りを返せそうよ。これで、あなたのお父様もあなたを婿に出すことを考え直すんじゃないかしら」

絵恋はふと思った。

颯天はマリアと本当に結婚するつもりでいたのだろうか、と。

彼が愛や恋で結婚を決めるとは思えない。たとえ相手がいけ好かない女でも、その結婚に必要性を感じれば迷わず実行するだろう。

絵恋が知っている彼は、そういう人である。

「あなた、あの子と結婚するつもりなの？」

何となく聞いてみた。

タナカなら十分利用価値がある。マリアと結婚すれば、彼は業界一位二位のホテル企業との契約を一挙に手に入れることができるのだ。ところが――

「あの子って？」

「マリアよ？」

「するわけないだろう？」

彼は、そう吐き捨てた。にべもない返事である。

「そうなの？　タナカを手に入れられるのに？」

「俺は結婚したい女と、結婚するよ。好きな女とな」

颯天ははっきりと断言した。

「――え」

言葉の意味が図りかねた。

「もしかしているの？　そんな人が」

「ああ、ちょっとな。見つけたんだ」

驚いた絵恋は目を丸くする。

「颯天が結婚したい気持ちって、どんな気持ちなの？」

「ん？　うん、そうだなぁ」

俯きがちに顎に指先を当てて考え込んだ彼は、ふと思い当たったように顔を上げた。

「あいつは俺のもの。他の男には指一本触れさせない。ま、そんな感じだな」

物静かな絵恋にしては珍しく、あははと楽しそうな笑い声が響く。

「じゃあ、その彼女が嫉妬深かったらどうするの？」

そう聞いた理由は、彼は束縛されるのを何よりも嫌うと知っているからだ。

「むしろ執着させたいくらいだ」

コーヒーを飲みながらそう答える彼は、楽しそうだがふざけているようには見えない。

なんと。恋愛には無縁だった男が、誰かにどっぷりと執着しているというのか。信じられない思いで絵恋は颯天を見つめたが、それはそれで彼らしいとも思えた。

いつだって自分の気持ちに正直なこの男は、運命の番を見つけたのだろう。

「そもそも女は物じゃないわよ、失礼ね」

そう言いながら絵恋は再び弾けたように笑った。

第五章　恋と雪と

今日も今日とて颯天は出かける。

ファイルの中の書類を確認し、名刺入れの中を確認したりと準備を整える彼は、相変わらず忙しそうだ。

「遅くなるようならメールをする。メールがなくても定時になったら帰っていいからな」

「はい。わかりました」

ゆっくりと頭を下げて見送ってから、かれこれ数十分。指先から響いていたキーボードの打音が消えると、部屋の中は静寂に包まれた。

チラリと見たのは颯天の席。

いないのをいいことに、杏香は憮然として空っぽの席をキリキリと睨む。

今日の彼はマリアと出かけたわけではなく、秘書課長を伴って取引先を数件回る予定でいるのだが、その中にはしっかりとタナカグループがある。

タナカグループとの打合せには、当然マリアがしたり顔で出席するだろう。

そして仕事の話は他の人に任せて、自分たちは仕事とは全く関係ない話をするに違いない。今日のディナーはどうする？　とか、今夜は私のマンションに泊まっていく？　とかもしくは津吹絵恋とはどうなってるの？　とか。

唇をキュッと噛んで、ぷるぷると首を振り、関係ない。関係ないと杏香は自分に言い聞かせる。何も考えないようにと、その後は黙々と仕事に没頭した。

三時過ぎコーヒーを淹れていると、颯天からメッセージが届いた。

『雪が降りそうだ。仕事が終わらなくてもかまわないから早く帰れよ』

了解ですと素っ気もない返信を送り、杏香は顔をしかめる。

「雪くらいで大げさな」

確かに雪雲かもしれないが、積もったところでせいぜい数センチがいいところだろう。都会の人はちょっとやそっとの雪で騒ぎ過ぎだと思う。

杏香が育った山間の温泉地は、この時期になると毎日のように雪が降る。積雪数十センチが普通のようなところで育っている。靴だって雨雪兼用のブーツを履いているのだから、何の心配もない。

秘書課長にも早く帰るように言われたが、杏香は受け流した。

「課長、私は雪に慣れてますから大丈夫ですよ。歩いても帰れる距離ですし」

「そうか。まああまり無理はしないように」

いつものように定時であがり、オフィスビルを出たときは子どものように心がウキウキした。

「綺麗～」

純白の雪は、見ないようにしていたもの、隠したいもの。あらゆる汚れを包み込む。溶け始めるまでのこの瞬間が一番美しい。一面の銀世界だ。

さらさらと傘に落ちる雪音が耳に心地よかった。

一応駅まで向かってみたが案の定、地下鉄のダイヤは乱れているようで人々がごった返している。

なので歩いて帰ると決めた。

過信は禁物だと身に沁みて思ったのは、それから十分ほど歩いた頃だろうか。

「えっと?」

いくら方向音痴とはいえ、会社から家までのロードマップは頭に入っているはずだった。

自宅マンションから歩く範囲を少しずつ広げて、会社までの道筋は完全にマスターしたはず。

(——嘘じゃないもん! わかってるはずなんだもん)

誰に向けての言い訳なのか、心の叫びが虚しく響く。ほんの少し降った雪のせいで狂ったのは交通機関だけじゃない。杏香の感覚もそうだったらしい。

もとから心もとない方向感覚が、もはや全く機能しなくなった。

上司の忠告も聞かず、OL都会の雪でまさかの遭難。そんな不吉なニュース速報を想像し、ブルブルと体を震わせた。

スマートフォンを開きナビを表示して、よくよく考える。どうやら方向は合っているらしいとホッとして、また歩き始めた。

タクシーはもちろんあてにできない。駅前の乗り場は行列だったし、歩いていれば体は温まるが、この寒さの中ただじっと立っているのは辛い。たとえ疲れても歩いている方が楽だ。

途中、コンビニに立ち寄って暖を取り、また歩く。

ふと時計を見れば十九時半。徒歩三十分強で家に着くはずが、すでに一時間ほど多く歩いている。

でもまだ遅い時間じゃないもの大丈夫よと、自分を励ました。

「バカだよなぁ、私」

専務に早く帰るように言われたのに資料作りに没頭してしまった。あの資料ができ上がらなければ、彼が自分で作らなきゃいけない。明日使う資料なのだから。

颯天には雪も嵐も関係ない。それで打ち合わせがなくなるわけじゃないし、仕事が減るわけじゃない。

こうしている今も、まだ打ち合わせ中なのか。

もしかしたら、マリアさんとどこかで食事中かもしれないな。そう思うと切なかった。

(――ねぇ専務。もうすぐクリスマスなんですよ。ターキーのグリルとか一緒に食べませんか？

私でも上手にできるケーキの焼き方覚えたんですよ。パブロバって言ってね、ワインビネガーとかコーンスターチを入れたメレンゲを焼いてベリーで飾るの。でも、そういうの嫌なんでしょ。恋人だなんて贅沢は言わないです。私はただ……)

心の中で、彼に話しかけながら、涙がポロポロと溢れた。

(専務、ねぇ専務。私はただ、専務のことが……)

悲しくて、切なくて、会いたくて。ただ会いたくて――立ち止まって上を見上げた。

「……好きなんです」

涙も言葉も何もかも、舞い降りる淡く白い雪と一緒にとけていく。

うっ、うっ、と込み上げる泣き声を飲みこみながら、このままいっそ雪の中に消えてしまいたいと思った。

消えてなくなればいい。そして生まれ変われたら……

「杏香」

思い詰めたせいか、ついに幻聴まで聞こえたかと思った。

「杏香っ！」

それにしては随分とはっきり聞こえる。

「え？」

「杏香！　大丈夫かっ？」

振り返ると、足早にこっちに向かってくる颯天が見えた。

傘もささずに、彼は雪を被ったままコートのすそをひらめかせてやってくる。

「――専務？」

「どうして電話に出ないんだ？　雪の中帰ったって聞いて。大丈夫か？　寒かっただろう？」

白い息を吐きなら肩で息をする颯天は、杏香の髪やコートについた雪を払う。

「専務……」

次の瞬間、杏香は声を上げて泣いた。

「私、専務が、専務のことが、好きなんです。もうやだ……他の人と結婚なんかしないで」

「杏香？」

「愛してるの、私、専務を愛しているの。お願い。私だけの、専務でいて……。私、がんばるから……がんばるから、ずっとずっと一緒にいたいの、専務じゃなきゃ嫌だ」

子どものように泣きながら、杏香は颯天に抱きついた。

別れるくらいなら、がんばって必死にすがりついて、それでも捨てられるならそのほうがいい。

離れるなんて嫌だ。

「ようやく言ったな」

「――？」

涙を溜めたまま見上げると、颯天は指先で杏香の涙をそっと拭う。

優しくて温かい微笑みとは裏腹の、冷え切った、とても冷たい指だった。

この雪の中を、彼は歩いて捜してくれたのか？

「愛してるよ、杏香。お前だけだ、俺が愛せるのは。――お前以外とは結婚なんかしない」

「――マリアさん、は？」

「今日ケリをつけてきた。もう会社にも来ない。言っただろう？　俺を信じろって」

いつの間にか、車道には車が停まっていて、下りてきた坂元が二人に傘を差し伸べる。

「さあ、帰ろう」と颯天が言った。

杏香は涙を堪(こら)えて頷きながら、いざというとき、彼はいつだって優しかったと思い出した。

いつだって、辛いときに現れて助けてくれる。

憎たらしいほど素敵で、泣きたくなるほどかっこよくて――

暖かい車の中に入ると、颯天は自分が脱いだコートを杏香に被せる。

そして抱き寄せながら彼はクスクスと笑う。

「お前も強情だよな」

「え？」

「初めて聞いたぞ、俺とずっと一緒にいたいって。逃げることばっかりだっただろう？」

言われてみれば、そうかもしれない。

これ以上好きになってはいけないと自分に言い聞かせていたし、未来の話なんてしたらおしまいだと思っていた。

でも、自分は一体、何が怖かったのだろうか。

こんなに愛されて、彼を愛しているのに、未来には別れしかないと思い込んでいた。

「専務だって言ってくれなかったですよ？」

マフラーに深く顔を埋めながらそう言った。

「俺はいつだって言う気満々だったけどな、お前さえ言えば」

「何ですかそれ」

お互いにクスッと笑い合う。

「杏香、去年、クリスマスイブのとき、悪かったな。酷い言い方して、すまなかった」

ポツリと颯天が言う。

「ごめん」

謝ってくれるなんて考えてもいなかった。

(強情なあなたに、強情な私……か)

意地を張るのはやめだ。捨てられるのを恐れるよりも、素直でいよう。そうじゃないと後悔しか残らない。

「許してあげますよ、専務。大好きだから」

首を伸ばして耳元でそっと囁くと、彼は心からうれしそうに微笑んだ。

ずっと一緒にいたいのが愛なのか、幸せを願うのが愛なのか。

その答えは杏香にもわからない。

それでも私はいま、心からこの人を愛してる。幸せを掴むために、もう二度とこの手を離さない。


懐かしいような、不思議な気持ちで彼の部屋に二人で入る。

玄関の扉を閉じた途端、颯天は杏香を抱き寄せてキスをした。

「ずっと、お前が欲しくて禁断症状が出そうだった」

燃える想いが彼の瞳から溢れ出てくるようで、胸の奥が熱くなる。照れ臭くて、どんな顔をしていいかわからず彼の首筋にしがみつくようにして顔を埋めた。

それでも正直に「私も……」と告げた。

「ずっと、こうしたかった」

杏香の体を剥(は)がすようにして、顎をすくった彼はクスッと笑う。

「素直だな」

二度目の口づけは、息をつく暇もないほど長い。痺れるような感覚に身を任せ、ここ数日の不安を打ち消すように杏香も、彼の唇に夢中で応えた。

唇がやっと離れて大きく息を吸えば、今度は耳たぶを舐められる。

「あっ……」

思わず漏れた声が颯天の劣情に火を点けたのか、キスの合間に剥ぎ取るようにコートを脱がされ、スーツの上着のボタンも外されて、ブラウスの中に手が伸びてくる。

貪るように口内を犯されつつ、杏香は戸惑った。

（え……、こ、こんな……）

まだ靴を履いたままなのに、彼の動きは止まらない。胸の先を摘まれて思わずピクッと体が反応する。

もう片方の胸の先を唇で転がされたときにはもう、ここがどこかも関係なくなっていた。

「せ……専務――あっ……」

ストッキングの中に手を入れながら、颯天がクスッと笑う。

「いつまでそう呼ぶつもりだ？」

「――だ、だって……」

下着はもう恥ずかしいほど濡れているのが、自分でもわかる。

「颯天だろ？　言ってみろ……杏香」

耳元で囁きながら、彼は右手の指をショーツの中に滑りこませた。

「あっ……」

「ほら――どうした？」

溢れる蜜を掻き分けるように、指の動きが激しくなる。

「い……あっ……やめ……」

脚の力が入らず腰を沈めると、その反動で指が中に入ってしまう。

「あっ……」

「言えないのか？」

だからといって彼の動きは激しさを増すばかり。

「は、颯天……さん、や、やめ」

背中を彼に預けたまま、抱えるようにして胸を揉みしだかれ、弱いところを責められ続け、ついに杏香は快楽の頂点に達し、ガクガクと膝を折る。

「よし――いい子だ」

吸い付くようにキスをした颯天は、杏香を抱き上げた。

力強い彼の腕にしっかりと抱かれながら、夢の続きのようだと思う。

（雪の中を颯爽と現れた、私だけの素敵な悪魔――）

心を翻弄する天才で、本当に憎らしい人だけれど、世界で一番優しくて頼もしい人。

彼が自分だけを愛しているなんて、今でもまだ信じられない。

心の声が聞こえたのか、ベッドに杏香を横たえた彼は、甘く「杏香……」と囁いた。

「愛してる」

思わず杏香の瞳から、涙が零れた。

「お前だけだ——心から愛してる」

涙を拭いながら、頬に、額に唇を落とす彼に、杏香も応えた。

「私もです、専務……。愛してます」

また専務かと笑いながら、彼は服を脱ぎ捨てる。

「今夜は眠れないぞ?」

冬の夜は長い——

恋人たちの夜はまだ始まったばかりだ。

エピローグ

少し前に降った雪は、クリスマスツリーと共に街から消えた。

キラキラと輝いているイルミネーションは新年を迎えるものへと変わっただけで、この時期の夜は相変わらず明るい。ジングルベルが鳴らなくなった代わりに、厄払いでもするかのように街は賑やかだ。

三次会だと騒ぐ酔っ払いたちが、颯天の脇を通り過ぎて行く。

既に十時を回っている。平日とはいえ、彼のように素面で路地裏を歩いているビジネスマンは少ない。

目的のビルに到着し、エレベーターで上に昇る。

ほんの二メートルほど先に扉がひとつ。氷の月が雫を落とすデザインが刻まれたガラス越しに、カウンターに座る人影が見えた。

ドアベルを鳴らしながら中に入ると、振り向いた氷室仁が「よっ」と片手を上げる。

「お疲れ」

いくつか近況報告をして、お気にいりのアルコールで喉を潤した後、仁がニヤリと口元を歪め颯天の横顔を伺う。

「で？　今年のクリスマスはどうだったんだ？　うまくいったのか？」

颯天は不敵な笑みを返す。

「彼女の手料理で楽しく過ごしたよ。ターキーのグリルとかな」

「楽しく？」

それには仁も驚いた。

長年苦しめた魔のクリスマスを、颯天はついに乗り越えたのか。

「へえー、そりゃよかった。お前からそんな言葉を聞ける日が来るとはなぁ」

つい最近、彼女に逃げられそうだと不貞腐れていたはずが、彼の横顔には随分と余裕の笑みが浮かんでいる。

（――やれやれ）

「マリアが荒れてたぞ。あんな言い方しなくたっていいのにって。お前なんて言ったんだ？」

氷室家は芸能プロダクションも経営している関係で、仁はマリアの知り合いでもある。この店に呼ぶほど彼女に心を許していないが、会えば立ち話くらいはする仲だ。

「ん？　別に？　何で俺がお前と結婚しなきゃいけないんだ？　って言っただけさ。客だから食事の接待くらいはするが、それ以外にお前に付き合う理由はないだろう？　ってな」

「そりゃひでー」

仁がゲラゲラと笑う。

初恋を成就させて、多少は女に優しくなったかと思いきや、颯天はやっぱり颯天だった。

今後も恋人以外の女にはとことん俺様を通すんだろう。

ただし、マリア相手ならそれくらい言ってやったほうがいいと、仁も思う。

親の権力にすがり契約を盾にするとは、やり口が汚い。

「マリアにさ、もしかしてお前、親父の権力で颯天が買えるとでも思ったのかって言ったら、あいつうなずいてたよ。私がバカだったって。それがわかっただけでも、いい勉強になっただろう」

眉をひそめた颯天は、ため息を漏らす。

「俺も安く見られたもんだ」

「で？　そろそろ戻るのか？　グループ本体のほうに」

「多分な」

マリアとの縁談を棒に振ったせいで、タナカとの契約は白紙になった。

だが絵恋が言った通り、絵恋の夫が代表を務めるホテル企業とその損失を埋める以上の契約を取れた。

颯天の父も予想していたのか、縁談を断っても苦情は一切言って来なかった。今回の件のみならず、颯天の上げた実績を父が知らぬはずはないし、三月の決算が数字でもって証明するだろう。

三年に渡る颯天の禊（みそぎ）は済んだのだ。

「で、結婚するのか？」

「ああ。そのつもりだ」

「お前が恋愛結婚とはねー、ありえねー。まぁでもよかったなぁ」

しみじみと頷く友人の隣で、颯天は思い起こす。

「そろそろ結婚して子どもが欲しいんです」

杏香がそう言ったとき、内心「そうか、わかった。結婚しよう」と思った。

（あいつはわかっているんだろうか？　俺はこれまで一度も別れるとは口にしていないんだがな）

まあ、そんなことはどうでもいいが。

できれば正月に杏香の実家に挨拶に行きたいと思っている。

だが、年末年始の旅館は忙しいだろう。杏香とよく相談して日程を決めるとして――ふと考える。

せめて一緒に住み始めたいが、まだ秘書でもいてほしい。

しばらくこのままじゃ、まずいかな。まずいよなぁとため息を吐く。

それよりも、と思い出した。

早く言わなければ。

（プロポーズだけは、杏香からは言わせない。言うのは俺からだ）

指輪はもう頼んである。花束も用意しなければ。

彼女が抱えきれないほど、大きなバラの花束を。

驚いて目を丸くした彼女は、弾けるように笑うだろう。

そんな姿を想像し、颯天は人知れず笑みを零した。

番外編　隣にあなたがいたから

「さてと」

段ボールに荷物をまとめた杏香は、腕を上げて大きく伸びをした。

今日でこの執務室とはお別れだ。

颯天は高司グループ本社、高司建設に異動が決まり、杏香の席は秘書課に移動することになった。

正直言えばついていきたいが、諸々の事情を鑑みてぐっと気持ちを抑えている。上司と部下という立場を考えれば、いつまでも社内でくっついているわけにはいかない。

(何しろ、私たちは今や正式な恋人同士だしねー)

ニヤニヤと杏香の頬が緩む。

年明けに杏香の実家に二人で挨拶に行った。

「結婚を前提にお付き合いさせていただいております」

彼ははっきりとそう言って、杏香の家族に頭を下げたのだ。

両親や姉の驚きは言うまでもない。母にいたっては「本当にいいんですか？　この娘で」と聞き返す始末だ。

それでも、彼はにっこりと爽やかな笑みを浮かべてこう言った。

「杏香さんでなければいけないんです。彼女を心から愛していますから」

姉は驚愕のあまり出ていないのに鼻血を心配するし、父は絶句して固まり、母は腰を抜かしてと
それはそれは大騒ぎ。

でも、この状況に一番驚いているのは杏香自身だろう。

思いを確かめ合ったあの日以来、あれほど切望した愛の言葉を颯天は惜しみなく言ってくれる
のだ。

愛しているよ、好きだよ、お前しかいない――

（昨夜も優しかったなぁ……）

一緒に湯船に浸かりながら、あれやこれやと。

思い出して胸をキュンとさせていると、いきなり扉が開いた。

「あっ、お疲れ様です」

出先から颯天が帰ってきた。

「コーヒー淹れましょうか？」

「ああ、頼む」

ネクタイを緩めながら彼はどっかりとソファーに腰を沈め、ため息を吐いた。

いろいろと後始末もあるから大変なのだろう。心配そうにちらりと視線を送った杏香は、今夜も
部屋に行ってみようかなと考えた。

一緒に暮らす話は出ているが、杏香が断っている。

とはいえ、週に何度も泊まっているので着替えや荷物も半分は颯天のマンションにあるのだが、ケジメはケジメだ。

「引継ぎは終わったんですか？」

カップを置きながら聞くと、颯天は薄く微笑んで頷いた。

「ああ、なんとかな」

「それならよかったです」

早速コーヒーを口にした彼は、ホッとしたように息を吐く。

「専務、その先の公園で桜が咲き始めましたよ。早いですねー、まだ三月になったばかりなのに」

「ふぅん。今年は花見でもするか」

「えー、でもきっとどこも激混みですよ？」

颯天は人混みが嫌いだ。並ぶのも嫌らしく、混雑で有名なテーマパークに行きたいと言うと〝いっそ貸切るか？〟と言い出したくらいだ。今や花見はどこでも混雑する。

「公園じゃなくたってできるだろ？　桜がある料亭だって旅館だって」

なるほどと納得する。最初から公園は頭になかったようだ。逆に言えば杏香にはその発想はなかったが。

「あっ、そうだ。落ち着いたら蔵王にある別荘に行くか？　確か桜があったはずだ」

「わーい。行きたい〜」

料亭で桜を見ながら美味しいものを食べるのもいいが、別荘ならば外でお花見ができるだろう。

「さて、俺も片付けるか」

コーヒーカップを手にした颯天は立ち上がる。

時刻は六時。帰る時間だが、杏香は気が進まない。

彼もこの執務室とは今日でお別れだ。そう思うと、切なさのような感情が込み上げてくる。

この部屋では様々な出来事があった。

光葉に殴られそうになったり、社長令嬢のマリアにやきもちを妬いてみたりと辛いこともあったが、それ以上に彼と一緒に仕事ができたのは楽しい経験だった。

「何だかちょっと寂しいです」

バッグを手に思わずポツリと言うと、颯天は「ん？」と振り向く。

「いろんな思い出がこの部屋にはあるから、しんみりしちゃいました」

フッと笑った颯天は杏香の元に歩いてくると、抱えるように彼女の腰に腕を回した。

「記念にここでしてみるか？」

「な、何を言っているんです？」

冗談だとは思うが彼の場合、本気もありうる。

逃げようとしてもがいたが、彼はクスクス笑うばかりで離してくれない。

「誘ったのはお前じゃないか」

後ろにのけぞるとそのまま覆いかぶさるように迫られて、遂に唇が重なる。

「んっ……」

舌が絡め取られそうになり、思い切り颯天の胸を押した。

「だ、ダメです！」

このまま流されるわけにはいかない。不満げな彼の鼻先にビシッと人差し指を当てる。

「お義父様に叱られますよ？　聞きましたよ？　私の席を執務室に作ったこと、叱られたんですよね？」

颯天はハハッと笑う。

「うちのオヤジは、箸が転んでも怒ってるぞ？　天気が悪いのだって俺のせいにするからな」

彼は慣れているのか全く気にしていないようだが、それでも気が逸れたのか杏香の額にキスをして離れた。

「じゃあ、帰ります。専務、今までありがとうございました」

「いいえ、こちらこそ」

クスッと笑い合って、杏香はペコリと頭を下げた。

本当は泣きたくなるくらい寂しい。

彼をもう〝専務〟と呼べなくなるのも悲しくて仕方がないけれど、顔はにっこりと笑みを浮かべて執務室を出た。

扉を閉めてグッと涙を堪える。

高司専務は杏香にとって一生専務であることに変わりない。

（さよなら専務、本社でも頑張ってくださいね）

エントランスを通り抜ける途中、中央に大きく飾られている花を見ながら思った。颯天がいないこの会社は、ロビーから花が消えたようなものだ。

秘書課の先輩たちも口々に寂しいと言っていたし、行く先々で彼の異動を惜しむ声が聞こえた。女性だけじゃない。直前まで彼とプロジェクトチームで事業を進めていた社員たちは、彼の異動に大きなショックを受けていた。

(高司専務は皆のスーパーヒーローだったからなぁ)

ふと、自分が彼の恋人であることを思い出し、不思議な気持ちになる。

二人が付き合っているのを知っているのは、秘書課の課長だけだ。秘書課の先輩たちは「専務は樋口さんにだけは心を開いているわね」などと言うが、それはまた別の話だ。あくまでも秘書としてという意味であり、まさか誰も彼と平凡な一社員が付き合っているとは思わないだろう。

本人ですら、実感がないのだから。

(本当にいいのかなぁ?)

彼は杏香の両親にも結婚を前提にと言った。

頑張ると決めた以上何でもするつもりでいるが、一抹の不安は拭えない。

そんなことを考えながら赤信号で交差点に立ち止まると、ふとスマホの揺れを感じた。

見れば颯天からメッセージだった。

【ところで今夜は家に来るんだろう?】

思わずクスッと笑う。

【はい。行きますよ。夕ご飯はハンバーグって決めてありますから】

しっかりと足は彼のマンションに向かっている。

(なるようになれだ)

結婚は具体的に決まったわけじゃないし、これからだっていろいろあるだろう。何も起きないうちから悩んでも何の解決にもならない。もうダメだとなったら、そのときに考えればいい。

別れないと決めた以上、彼を信じてこのまま前に進むのみである。

信号が青になりしっかりと顔を上げた杏香は、意気揚々と歩き出した。


とはいえ——

「えっ?」

ここは颯天のマンション。食事の後、間接照明だけのリビングでワイングラスを傾けていた杏香の手がピタリと止まった。

今彼は何と言ったのか?

「もう少し早くできればいいんだが、どうしても半年はかかる」

固まったままの杏香をちらりと見た颯天は「ん?」と小首を傾げる。

「やっぱり嫌だよな? もう少し早く——」

「い、いえいえ」

慌てて彼の言葉を遮り、杏香はぶんぶんと大きく首と手を横に振った。

「そ、そうじゃなくて」

「じゃあ何だ？」

颯天は杏香をジッと見たままワインを飲む。上下する彼の喉仏を見つめつつ、杏香は焦った。

「まさか、そんなに早いとは思わなくて……」

動揺のあまりしどろもどろになってしまう。

なんと、颯天は半年後に結婚式を挙げると言ったのだ。

「早く結婚して子どもが欲しいんですって言ったのは誰だ？」

ギロリと睨まれて、へらりと笑ってごまかす。

「あ――あはは……誰、だろう？」

「お・ま・え・だ」

もちろん覚えているし結婚もしたい。でも、心構えができていない……

「何だ。俺とは結婚したくないのか」

「や、やだなー、そんなこと言ってないじゃないですかー、ただ……」

「ただ？」

長いソファーの隣に座る颯天は、体ごと杏香に向き直る。

「その、花嫁修行が……間に合わないというか」

「花嫁修行？　例えば？」

「えっとー、んー？」

そう具体的に聞かれると困ってしまう。

「専務だって私に足りないもの、何かしら感じてるでしょ？」

「まあそうだな。何度言っても俺を〝専務〟と呼ぶところとか？」

ハッとして口を押さえつつ「そういうことじゃなくて」と彼を睨んだ。

高司家の嫁としてちゃんと考えてほしいのに。

「専務って呼んだ場合のペナルティでも決めないとダメだな」

「だから、そういうことじゃなくて！」

口を尖らせると、彼はチュッと唇にキスをする。

「花嫁修行なんか何も必要ないよ」

「でも……」

彼は杏香の頬を撫でて微笑む。

「習いたいことができたら習えばいいし、覚えたくないことは無視すればいいさ」

「またそんな……私はいいお嫁さんになりたいんです」

高司家の彼の両親も妹も杏香にはとても優しい。初めて挨拶に行ったときも満面の笑みで迎えてくれた。坂元も執事としてその場にいたこともあり、杏香はそれほど緊張もしなかったし、これまで何一つ嫌な思いをしていない。

でも、きっと足りないことだらけだと思っている。それが何かが今はわからないだけで。

杏香の不安をよそに、颯天は少し伸びた杏香の髪を指先でくるくると弄ぶ。

「お前は、そのまんまで十分いいお嫁さんだ」

ふるふると左右に首を振ると「大丈夫だ」と彼は囁く。

「俺がいる」

その一言でキュンと胸が疼く。

杏香の心の中にあった不安を投げ出してしまうくらい威力があった。

「本当に？　私で大丈夫？」

「ああ」

颯天はにっこり微笑んで額にキスをする。

甘えれば、その分しっかりと受け止めて甘やかしてくれる彼。いつも忙しいから、なかなか思う存分甘える時間が取れないけれど、それを差し引いても余りある安心感をくれる。

「結婚するか？　俺と」

クスッと笑った。

結婚してくれとは言ってくれないわけですね、とちょっと拗ねながら、杏香はコクリと頷いた。

「仕方ないから結婚してあげますよ」

「大きく出たな？」

「ダメですか？」

「いや、俺がお前に結婚してほしいんだから、まあいいさ」

颯天の思いがけず優しい言葉に、また胸がキュンと疼く。

ゆっくりと唇が重なって、また重なって角度が変わり、首の後ろを支えられるようにして強さが増していく。

キスの合間に息をすることを教えてくれたのも彼だ。

「あっ……んん……」

教えられたわけじゃないのに甘い声が漏れる。息苦しさと走り抜ける快感に声が出てしまう……

肌を滑る指。ワインの味がするキス。

「杏香……」

彼の囁き。

何度も何度もあきらめようとして、手放すつもりだったこの熱い温もりを決して離さないと思いながら、杏香は彼の背中に手を回した。

「あ……ん……」

下着の中に潜り込んだ指がクチュクチュと音を立てる。

「なぁ杏香、先に籍を入れようか」

「え？……あ……はぁ」

「あっ……」

堪らず脚を閉じようとすると、逆に片足を掲げるようにして大きく開かれた。

軽く耳を噛んだ彼は囁くように言った。

「それなら、ここに住んでいいんだろう？」

結婚もしていないのに、一緒に住めないと言ったのは杏香だ。

「なぁ、杏香」

首筋に、耳に、唇にキスをしながら颯天は「いいだろう?」と手の動きを早めた。

「あっ、あっ……」

今度はピタリと手を止めて颯天は促す。

「うんって言えよ……さあ、頷いて」

また伸びていた指は、感覚を研ぎ澄まして待っているソコから、ギリギリのところで止まる。欲しかったら返事をしろとばかりに。

「嫌い――颯天さんなんて、嫌い……」

そう言いながら杏香はコクコクと頷いた。

嫌いだと思うのに、同時に胸が嬉しさに震える。こういうときには優しい彼が、意地悪をしてまで一緒に住みたいと、結婚したいと言うのだ。嬉しくないはずがない。

「いい子だ」

堪(たま)らなく欲しかった快楽を与えられ、杏香は夢中でしがみついた。

「あっ! ん……あぁー」

思わず嬌声が漏れ、彼の背中に回した指先に力がこもり、果ててぐったりと弛緩するなり抱えられ、杏香は颯天に向かい合うように股がされた。

「愛してるよ、杏香」

囁きとともに熱を帯びて硬くなった塊が一気に入ってきてハッと息を呑む。

「好きだ」

抱え込まれて、強く抱きしめられた。

「もう離さない」

言われる度に、ヒクヒクと杏香の中が疼く。まるで嬉しいと返事をしているかのように――

それでも聞き足りない。

「もっと……言って……」

お願い専務と心で続けた。

微笑んだ颯天は吸い付くようなキスをして、鼻と鼻を合わせたまま杏香の願いに応える。

「愛してる――杏香、愛してるよ」

ゆっくりと始まった律動に息を荒くしながら少しも離れないようにと、杏香は颯天にしがみついた。

間接照明だけのリビングにパンッパンッと肉がぶつかる音が響き、杏香の声が、縫うように甘く揺れた。

「好き……あぁ……好きよ……颯天……」

もう二度と離れない――

＊＊＊

それから半年後。

杏香はウエディングドレスを着て、颯天の隣に立っていた。

フランス製の最高級リバーレースをふんだんに使った美しいドレスは、颯天と二人で選んだ。

目の前の扉の向こうには大勢の招待客が待っている。

杏香の家族も今日ばかりは旅館を休んで来てくれたし、職場の由美先輩も倉井課長の妻として出席してくれている。友人たちも皆来てくれた。

とはいえ、ほとんどの客は高司家の関係者。政財界の大物がずらりと並んでいる。

居並ぶ目をうっかり想像してしまい怖くなった杏香は、大きく息を吸い、気持ちを落ち着けようと左手を胸にあてた。

「緊張しているか？」

ハッとして振り向くと颯天が少し心配そうに杏香を見つめている。

どんなときでも恐れを知らない彼はいつもと変わらない表情だが、髪はオールバックにしている。

初めて見る髪型だけれど凛々しさが際立って惚れ惚れするほど素敵だ。

「ちょっとだけ。でも大丈夫」

颯天が杏香の背中に腕を回した。

「倒れたら抱きかかえてやるから、心配しなくていい」

彼のことだ。本当にやりそうである。

「絶対倒れません」

あははと笑ったところで、ゆっくりと扉が開いた。

「新郎新婦の入場です」

眩しいほどのスポットライトが向けられて、うわーと歓声が湧き上がる。

「さあ、行くぞ」

「はい」

一歩ずつ颯天とともに前に進む杏香は、ふと思った。

（いつ言おうかな……）

昨日病院に行って妊娠していることがわかった。ずっと言おう言おうと思いながら、慌ただしさからまだ言えずにいる。

彼はどんな表情をするだろう。そんなことを考えているうちに緊張は解けていく。

「杏香、幸せか？」

「はい。とっても幸せです」

隣にあなたがいるから、それだけで幸せですよと思いながら、スポットライトの光の中で、杏香はにっこり微笑んだ。

溢れるほどの幸せをありがとう、高司専務――

この作品に対する皆様のご意見・ご感想をお待ちしております。

おハガキ・お手紙は以下の宛先にお送りください。

【宛先】

〒150-6019 東京都渋谷区恵比寿 4-20-3 恵比寿ガーデンプレイスタワー 19F
（株）アルファポリス　書籍感想係

メールフォームでのご意見・ご感想は右のＱＲコードから、
あるいは以下のワードで検索をかけてください。

ご感想はこちらから

本書は、「アルファポリス」（https://www.alphapolis.co.jp/）に掲載されていたものを、
改題、改稿、加筆のうえ、書籍化したものです。

冷徹御曹司の執着愛に翻弄されて逃げられません
～セフレだと思っていたら、溺愛されていました～

白亜凛（はくあ りん）

2025年 4月 25日初版発行

編集－木村 文・大木 瞳
編集長－倉持真理
発行者－梶本雄介
発行所－株式会社アルファポリス
〒150-6019 東京都渋谷区恵比寿4-20-3 恵比寿ガーデンプレイスタワー19F
TEL 03-6277-1601（営業） 03-6277-1602（編集）
URL https://www.alphapolis.co.jp/
発売元－株式会社星雲社（共同出版社・流通責任出版社）
〒112-0005 東京都文京区水道1-3-30
TEL 03-3868-3275
装丁イラスト－天路ゆうつづ
装丁デザイン－AFTERGLOW
（レーベルフォーマットデザイン－hive&co.,ltd.）
印刷－中央精版印刷株式会社

価格はカバーに表示されてあります。

落丁乱丁の場合はアルファポリスまでご連絡ください。

送料は小社負担でお取り替えします。


ISBN978-4-434-34992-8 C0093